Un Caballero Nunca Se Rinde

Pecados y Escándalos
Libro 2

Lauren Smith

Traducido por
L. M. Gutez

Copyright 2023 por Lauren Smith

Traducción hecha por L.M. Gutez

Copyright Traducción 2023

ISBN: 978-1-960374-31-8 (edición libro electrónico)

ISBN: 978-1-960374-32-5 (edición papel)

Capítulo Uno

ondres, octubre de 1911

Owen Hadley estaba recostado en un sillón de cuero en una de las salas de juego de Brooks's Club en St. James Street, con una copa de brandy calentándole la mano mientras fulminaba con la mirada a los ocupantes de la sala. Era tarde y muchos de los clientes habituales de Brooks estaban entrando por un refrigerio. La atención de Owen estaba solo parcialmente centrada en los jóvenes lores apostando sus fortunas. Un gesto de desprecio curvó sus labios hacia abajo mientras observaba cómo las monedas y los billetes de libra cambiaban de manos.

Él estaba muy necesitado de dinero, y lo irónico no era que su necesidad se debiera a ningún vicio o falta suya. A sus treinta y dos años, era el único heredero varón de su familia, y su finca en los Cotswolds dependía de él. Siendo un simple terrateniente, la tierra era todo lo que tenía, y la suya estaba sufriendo.

Necesito una esposa.

Por mucho que odiara admitirlo, casarse con una heredera resolvería el problema. Pero encontrar una mujer y obtener la aprobación de su padre para el casamiento no era lo ideal. Había muchos otros hombres, pares empobrecidos que podían ofrecer títulos a las jóvenes y a sus familias como intercambio por sus dotes. Owen hizo una mueca. Él no podía ofrecer títulos, ni nada más para persuadir a una dama de que se casara con él. Echó un vistazo a las otras mesas del club, y la miseria ensombreció aún más su estado de ánimo.

Uno de los jóvenes que estaban cerca vitoreó al ganar una mano. La emoción pasajera en el silencio monótono de la sala era irritante a los oídos de Owen. Frunció el ceño en dirección a los eufóricos jugadores. El movimiento de sus labios hacia abajo y la tensión de sus mejillas no aliviaron el dolor de su mandíbula magullada. Hacía una semana, él había cogido un tren a Hampton House, la residencia de campo de su íntimo amigo, Leo Graham, el Conde de Hampton.

Una de las invitadas a la fiesta había sido una divina criatura de pelo negro llamada Ivy Leighton. Su padre era el propietario de un periódico londinense y, lo que era más importante, era rico. La promesa de seducir a la hija del nuevo rico periodista había sido imposible de resistir. Una joven *muy rica* que habría puesto su casa a la altura con su fortuna. Owen había estado muy cerca de salvar su finca, pero había actuado tontamente.

Tal vez *demasiado*, corrigió él. Leo se había enfadado un poco al encontrarlo intentando robarle un beso a la joven. Owen había intentado comprometerla en presencia de testigos. En una situación así, el matrimonio habría estado garantizado, pero Hampton había llegado primero y había golpeado a Owen hasta dejarlo inconsciente. Seguía sin entender cómo su amigo, un amigo con el que nunca se había peleado, había llegado a los golpes sin previo aviso por una mujer. Owen nunca se había sentido tan unido a ninguna mujer como para dar un puñetazo por ella.

—¿Hadley? —una voz familiar lo sacó de sus pensamientos. Levantó la mirada y vio a Leo mirándolo con una mezcla de diversión e irritación.

—Hampton —respondió, un poco brusco. No le había hecho ninguna gracia que su amigo lo dejara inconsciente y le propinara un buen golpe en la mandíbula. No había sido muy justo golpear a un hombre desprevenido, y el orgullo de Owen dolía un poco.

—Me alegra que estés aquí. Hacía años que no disfrutábamos de una noche en el club...

—¿Qué pasa? —gruñó Owen.

—Lo siento. Supongo que te debo una disculpa por golpearte. Pero maldita sea, Owen, te equivocaste.

Owen le lanzó una mirada desafiante y fulminante.

—¿Por qué me golpeaste? Estaba intentando garantizar una esposa. La señorita Leighton habría sido perfecta para mí.

—No podía dejar que te quedaras con ella; con Ivy, quiero decir —Hampton bajó la voz. Hablar de una dama, incluso en buenos términos en un club, era tabú. A Owen no le importaban esas reglas, pero Leo era más un caballero. Desde que eran muchachos, Owen siempre había sido el más propenso a meterse en líos.

—¿Por qué no? ¿Tú estás... interesado en ella? —preguntó Owen, notando que había un cambio en su amigo. Leo parecía más... vivo, como el viejo Leo que había sido antes de que su padre muriera y las responsabilidades de la finca le quitaran toda la diversión.

—Ella y yo éramos amigos de la infancia. No la había visto desde los ocho años y cuando nos reencontramos... me enamoré de ella, *perdidamente*. Ha aceptado casarse conmigo —las mejillas de Leo se tiñeron de un rojo rubicundo al admitirlo, y Owen se habría reído en otras circunstancias menos tensas.

¿Así que Leo se iba a casar con la heredera? Diablo afortunado. *Pero yo soy el que realmente la necesitaba.*

—Ya veo —Owen se acomodó en su silla, que estaba pegada a la pared, cerca de la campana eléctrica. La hizo sonar y esperó al encargado. Si Leo y él iban a tener una discusión sobre mujeres, necesitaba un trago fuerte.

—Debería haber declarado mis intenciones hacia

ella, Hadley. Lo habría hecho, pero maldición, no sabía cuáles eran mis intenciones hasta que te vi con ella —Leo se acomodó en una silla frente a Owen e inclinó la cabeza hacia la zona magullada en la cara de Owen—. Lo siento por eso.

El enfado de Owen con su amigo se debilitó temporalmente.

—¿Espero que podamos seguir como antes? —preguntó Leo, su tono aún bajo, cuidadoso. Leo siempre fue un maldito cauteloso. Excepto cuando se trataba de Ivy Leighton, su prometida, al parecer. Tras la inesperada muestra de violencia de Leo, Owen no se había quedado en Hampton House. Él había vuelto corriendo a Londres como un perro pateado con el rabo entre las piernas. Pero su amistad era muy profunda y no iba a dejar que una pelea por una mujer destruyera ese vínculo.

—Por supuesto —tranquilizó a su amigo—. Puedes compensarme encontrándome una esposa rica —bromeó a medias, pero Leo miró a través del tono sardónico con el que solía ocultar sus problemas.

Un empleado se acercó con un decantador y rellenó la copa de Owen antes de ofrecerle a Leo su propia bebida, que aceptó agradecido. Cuando el criado se marchó, Leo le dirigió una mirada significativa.

Leo se acercó un poco más.

—Es Wesden Heath, ¿verdad?

En lugar de responder, asintió. El estado de los asuntos de su casa era funesto, y pensar en ello le revolvió el estómago. Y no quería compartir las noticias de su propiedad en mal estado con su amigo.

—Tal vez pueda ayudarte en eso. Ivy y yo organizaremos pronto otra fiesta en casa, para un lord escocés que madre conoce, alguien relacionado con su primo, creo. ¿Considerarías la posibilidad de volver? Los Pepperwirth acaban de permitir que su hija menor, la señorita Rowena, haga su debut. Es una criatura encantadora. Dieciocho años y una dote considerable. Sé que te convendría una esposa, Hadley, así que podrías tener una oportunidad con ella. Tal vez, si juegas bien tu mano... —Leo se detuvo, dejando que Owen captara su sugerencia tácita.

Owen se incorporó, confundido.

—¿Mildred Pepperwirth tiene una hermana pequeña? —estuvo a punto de reírse, lo que habría sido el colmo de la grosería. Mildred era la hija mayor del Vizconde Pepperwirth, cuyas tierras colindaban al oeste con las de Leo. Ella era una belleza, pero fría y carente de personalidad y calidez. La mujer ni siquiera bailaba, por el amor de Dios. A Owen le encantaban las mujeres que bailaban, que reían y sonreían. Una mujer debería ser feliz, debería ser brillante e ingeniosa, no una fría arpía. Owen no pudo evitar preguntarse cómo se compararía Rowena con su Mildred.

Leo torció los labios.

—Sí. Según tengo entendido, Lord Pepperwirth es muy protector con Rowena y ella ha estado bastante encerrada hasta ahora. Di que nos acompañarás y yo estaría encantado de hablar bien de ti a su padre.

Un empleado apareció con una bandeja, ofreciendo dos copas de brandy para Owen y Leo.

—Pon la mía en mi cuenta, pagaré antes de irme esta noche —informó al empelado. Una vez que el hombre se marchó, ellos volvieron a estar relativamente solos y Owen enfrentó a su amigo.

—¿La señorita Rowena tiene algún potencial pretendiente que también pueda lanzar puñetazos?

Leo echó la cabeza hacia atrás con una carcajada estruendosa.

—Cielos, no. Aunque ella causó bastante revuelo durante su presentación. Será mejor que actúes rápido, corteja a la joven antes de que ella conozca a otros hombres.

Owen suspiró.

—Muy bien, iré.

Cortejar no era un problema. Había estado cortejando damas desde que era un joven. Su falta de perspectiva era lo que dañaba su causa. Nadie quería casarse con un maldito cazafortunas, y eso era exactamente lo que él era.

—Excelente. ¿Cenarás aquí esta noche? —Leo se levantó de su asiento.

—Planeaba hacerlo. ¿Y tú? —Owen hizo rodar su

brandy de un lado a otro entre las palmas de las manos antes de que él y Leo salieran de la sala de juegos.

—Sí, en efecto. Me uniré a ti, si no te importa la compañía —sonrió Leo.

—Solo si me cuentas más de esta joven a la que debo cortejar —Owen estaba aliviado de que Leo y él estuvieran en buenos términos de nuevo. No era normal pelearse con los buenos amigos. No después de todo lo que él había sufrido durante la guerra y posterior a ésta. Los buenos amigos valían su peso en oro y él nunca los abandonaría, por nada del mundo.

—Bueno —Leo volvió a mirar a su alrededor, aparentemente decidido a que no lo oyeran—. Es toda una belleza, con su cabello rubio y sus ojos azul aciano...

* * *

—¿Estabas nerviosa, Milly?

Mildred Pepperwirth se miró en el espejo de su tocador de madera de nogal pulida para encontrarse con la mirada de su hermana menor. Estaban en una lujosa habitación de invitados de Hampton House asistiendo a una fiesta en la casa durante el fin de semana. Esta era la primera cena formal en el país a la que asistía su hermana Rowena desde que había cumplido dieciocho años.

—¿Nerviosa sobre qué? —Milly esperó pacientemente a que Constance, la dama de compañía de ambas, colocara en su sitio los últimos mechones de su cabello castaño. La criada había creado un elegante peinado que dejaba una masa de cabello en gruesos mechones enroscados casi en un estilo griego. Una peineta verde desteñida tachonada de diamantes estaba situada en la base de su cabello, manteniendo unidos los elaborados rizos.

Rowena, sentada en la cama de Milly, ya estaba vestida con un vestido de noche de encaje blanco, apropiado para una joven recién debutada en sociedad. Ella tiró de los guantes blancos hasta su codo, jugueteando con ellos hasta que los apretó demasiado y se vio obligada a aflojarlos de nuevo.

Milly contuvo una sonrisa. Su hermana pequeña no tenía motivos para estar nerviosa. Era exquisita, y todos los ojos de los hombres estarían puestos en ella en cuanto se reuniera con los demás invitados abajo.

—Oh, ya sabes. ¿Las fiestas, los bailes, los pretendientes? —los ojos de Rowena eran suaves, pero del mismo llamativo tono azul que ella y Milly habían heredado de su padre. El brillante color había cautivado a muchos jóvenes y puesto celosas a muchas damas.

—Supongo que al principio sí lo estaba —respondió Milly—. Pero todo se vuelve muy tedioso —despreciaba todos los compromisos sociales que caracterizaban a una temporada típica, no porque no le gustaran las cenas y los bailes o la danza. Le encantaba bailar, le encantaba visitar a sus amigos, pero solo había necesitado una temporada para darse cuenta de que no era más que una yegua de cría en una subasta. Había notado que La Temporada tenía un único propósito: asegurar las alianzas de los ricos y la élite mediante matrimonios. Milly había aprendido rápidamente a fingir una aversión al baile para no dar a los hombres la impresión de que disfrutaría de sus intereses románticos por ella.

No era que no quisiera casarse con un hombre, ella era como cualquier otra mujer, anhelaba un marido cariñoso y un matrimonio feliz como el de sus padres, pero sabía que lo que ellos tenían era poco frecuente. No eran simplemente marido y mujer. Eran socios en todo. Su madre tenía la misma voz en las finanzas, el control de la casa y sus inversiones. Milly también quería eso, pero no conocía a ningún caballero de su edad que considerara siquiera tal igualdad en el matrimonio.

Durante sus años de educación privada en Francia, había tenido la suerte de vislumbrar una sociedad más libre para las mujeres, pero aquí, en Inglaterra, ella era un peón, una pieza que había que comprar, regatear y pagar en función de la fortuna de su familia y las tierras de su padre. La comprensión de la situación era desagradable, y Milly había hecho lo único que se le había ocurrido para evitar casarse con un desconocido o con un hombre al que no soportara. Se había vuelto distante, incluso testaruda, en presencia de hombres idóneos. Si ellos no podían soportar su frialdad, su fingida arrogancia, la dejaban en paz. Pero era una paz solitaria, una sin esperanza de amor. Ella no era valiente como las sufragistas a las que admiraba en secreto. Ellas aceptaban amantes y veían las relaciones como lo hacían los hombres, pero ella no era capaz de hacerlo, no cuando eso supondría un escándalo para sus padres.

No se habría atrevido a llevar a cabo semejante estrategia para evitar el matrimonio si no supiera sin lugar a dudas que su padre nunca la obligaría a casarse. Él la mantendría bajo su cuidado el resto de su vida si ella no encontraba un hombre a su altura, lo cual era toda su intención. Era una solución solitaria, pero mejor que la alternativa: verse obligada a vivir el resto de su vida con un hombre que la haría miserable.

Si un hombre la consideraba una propiedad que se podía comprar, ella nunca podría respetarlo. El amor no podía crecer en un jardín sembrado con semillas de esclavitud doméstica. La única forma en la que podría casarse sería encontrar a un hombre que amara su mente, su corazón y su alma y que aceptara que ella no era un ser inferior. Necesitaba un hombre que apoyara a su esposa si ésta asistía a una reunión sufragista, no uno que la ignorara o la reprendiera o que incluso le prohibiera apoyar su creencia en la igualdad entre los sexos. Pero ese hombre no existía, al menos no uno que ella podría encontrar.

Rowena se levantó de la cama y se colocó detrás de Milly, inclinándose unos centímetros para contemplar su propio reflejo en el espejo. Se ajustó el corpiño del vestido, subiéndolo un poco en lugar de bajarlo, como haría la mayoría de las jóvenes.

—No creo que bailar llegue alguna vez a ser tedioso, pero soy muy torpe cuando estoy nerviosa. ¿Y si piso los dedos de los pies de mi pareja? —su hermana pequeña se mordió nerviosamente el labio inferior.

—Lo harás bien, Rowena. Quédate cerca de mí si te pones nerviosa —Milly se pellizcó las mejillas para ruborizarlas un poco antes de ponerse en pie y coger sus guantes negros de noche.

—Me encanta ese vestido —suspiró Rowena.

Milly miró su figura en el espejo completo que estaba junto al tocador. Era un maravilloso vestido de seda azul zafiro con una redecilla de encaje dorado y negro sobre el corpiño. La redecilla se abría en la parte delantera del vestido, por debajo de la cintura, para permitir que las piezas de color zafiro se vieran al caminar. La cola era un poco larga, pero el ligero polisón en la parte trasera realzaba su figura.

Constance compartió una pequeña sonrisa con Milly cuando ambas pillaron a Rowena pasándose una mano por el cabello antes de voltearse a verlas.

—¿Cómo me veo? —dio una pequeña pirueta, y sus ojos brillaban de emoción y juventud.

—Estás espléndida, como siempre —Milly estrechó las manos de su hermana pequeña, contenta de que con su hermana pudiera ser ella misma, aunque solo fuera por unos minutos más.

—¿Bajamos a cenar?

—Sí —Rowena levantó la barbilla, con una sonrisa de confianza en sí misma reemplazando su entusiasmo de niña, como si se hubiera convertido en una mujer diferente en un instante.

Ellas salieron de su habitación, que se encontraba en el ala este de Hampton House, donde se alojaban la mayoría de los invitados a la cena. Un grupo de caballeros y algunas damas esperaban al pie de la gran escalera a que bajaran los demás invitados. Todas las miradas se volvieron hacia Milly y Rowena cuando aparecieron. Milly se detuvo, dejando que Rowena tuviera su momento para acaparar la admiración de la sala.

Disfrútalo, hermanita. Algún día tendrás que elegir tu camino, esposa o solterona. Hasta entonces, Rowena podría disfrutar de su primera cena. Milly miró a los rostros de abajo y se quedó helada. Había un hombre allí con el que no tenía intención de relacionarse a menos que se viera obligada. Él no había estado en la lista formal de invitados, sino que había tenido que ser añadido de última hora. Su presencia no habría impedido que ella viniera, pero, por Dios, odiaba tanto estar rodeada de hombres como él... Después de la última fiesta en Hampton House, ella se había propuesto evitarlo en la medida de lo posible cuando estuvieran en la misma habitación.

El señor Owen Hadley era un cazafortunas. Un

hombre así era peligroso. A ellos les importaban poco o nada las mujeres a las que seducían en un intento de encontrar herederas adecuadas. Se quedó mirando fijamente la cara del hombre durante un momento más, deseando poder hacerlo desaparecer. Pero él permaneció exactamente donde se encontraba, con su presencia burlándose de ella por su incapacidad para hacerlo desaparecer.

Su escandalosa reputación lo precedía, y dejaba tras de sí un rastro de corazones rotos y damas solteras sin posibilidades de contraer un buen matrimonio. El señor Hadley era una tentación al pecado para cualquier mujer. Incluso Milly tuvo que admitir que tenía buen aspecto mientras él estaba allí de pie con su traje de noche, el cabello oscuro lo bastante largo como para parecer demasiado pícaro para estar a la moda, y esa sonrisa que derretía la resistencia de una mujer. Era alto, *demasiado alto*, pero perfecto para ella; no era como si le gustara eso, claro que *no*. Ella prefería estar a la misma altura que los hombres, y dado que poseía un poco más de altura en su figura que muchas jóvenes, la mayoría de los hombres que conocía no eran más altos que ella. Hadley, sin embargo, era demasiado alto, casi una cabeza por encima de Milly. Eso la hacía sentirse... vulnerable.

Hadley se rio de algo que dijo el Conde de Hampton y luego miró hacia las escaleras. Sus ojos la miraron brevemente, con una pizca de desagrado en sus sensuales labios, pero luego se fijaron en Rowena y, maldita sea, los ojos avellana del hombre se iluminaron con un fuego penetrante.

Milly sintió un nudo en el estómago y se quedó inmóvil en la escalera, con una mano enguantada aferrada a sus pechos.

Rowena. No su dulce Rowena. Ese hombre podía seducir a cualquier dama, pero no a su hermana pequeña. Rowena necesitaba un buen compañero. El escándalo la arruinaría irremediablemente y se vería obligada a abandonar la sociedad.

Tendré que distraerlo, aunque eso sea de lo más desagradable.

Enderezando sus hombros, Milly bajó los dos últimos escalones y saludó a sus anfitriones. La Condesa viuda de Hampton, su futuro marido, el señor Leighton, y su hija, Ivy, junto con Leo Graham, el Conde de Hampton.

—Estás espléndida —dijo Ivy mientras cogía a Milly del brazo.

A Milly nunca dejaba de sorprenderle la amabilidad de Ivy Leighton. La joven era mitad gitana por parte de su padre, y su madre había sido una dama de compañía. Todos los instintos de Milly la impulsaban a tratar a Ivy con frialdad, dada su condición de nueva rica, que resultaba estar por debajo del linaje de títulos de larga generación de la propia Milly. La primera vez que las habían presentado, Milly se había mostrado ciertamente desagradable. Se arrepentía de ello. *Enormemente.* Su frustración por la intención de Leo de declararse había empañado su estado de ánimo. Había estado tan concentrada en convencer al conde de que ella no era una buena pareja para él que se había comportado de forma bastante insensible y arrogante con todos los que la rodeaban. Ivy había sido víctima de su comportamiento y, en las últimas semanas, Milly había hecho todo lo posible por merecer la amistad que Ivy le ofrecía.

Ivy había sido persistente, y Milly había sido incapaz de detestar a la otra joven una vez que habían pasado juntas algunas tardes bebiendo el té mientras hablaban de literatura y política. Ellas tenían mucho en común en sus opiniones sobre las mujeres y los derechos de los que carecían injustamente en la sociedad.

Milly inclinó la cabeza cerca de Ivy para susurrar.

—¿Qué hace aquí el señor Hadley? Según tengo entendido, él y Lord Hampton tuvieron una discusión en la última fiesta de la casa —había sido todo un escándalo. El señor Hadley se había marchado en medio de una cacería con un ojo morado y mal temperamento.

Milly permitió que Ivy la apartara de los demás invitados y la condujera a una alcoba donde podían tener un poco de privacidad. Los brillantes ojos color caramelo de Ivy se ensombrecieron un poco.

—No estoy segura, pero Leo insiste en que siguen siendo amigos, y que él ya no tiene intenciones de intentar robarme de Leo.

Milly resopló en respuesta.

—Por supuesto que no las tiene, porque está mirando a mi hermana como si fuera una buena copa de jerez que él quiere probar —fulminó con la mirada al seductor acusado, esperando que él sintiera el aguijón de su mirada. Desde el otro lado de la habitación, él levantó una ceja en señal de desafío.

—Milly —jadeó Ivy, pero pronto se convirtió en una risita al notar la atención fija de Milly.

—Él parece demasiado interesado. Menos mal que la disposición de los asientos en la cena lo mantiene alejado de Rowena.

Milly se tocó la garganta mientras se ajustaba el collar de diamantes que lucía en la clavícula.

—¿Quién es el desafortunado invitado que debe soportar su conversación?

Ivy la miró de reojo.

—Tú, querida Milly.

Por un momento, Milly simplemente no pudo procesar lo que su amiga acababa de decirle.

—Desde luego que no... —Milly fue silenciada cuando el mayordomo anunció que la cena estaba preparada—. Ivy, no me sentaré junto a ese hombre —siseó al oído de su amiga.

Ivy se limitó a reír.

—Alguien tiene que hacerlo y ¿quién mejor que tú? Creo que hacéis una pareja perfecta malhumorada —el comentario burlón hizo que Milly frunciera profundamente el ceño. Aunque había estado aparentemente malhumorada a propósito, esa Milly no era la verdadera. En el fondo, era una mujer que quería amor y risas en su vida. Pero sentarse junto a un hombre como Hadley no cumpliría ninguno de esos sueños.

Capítulo Dos

Las damas pasaron primero del salón principal al lujoso comedor. Milly palideció cuando se dirigió a su asiento. Un lacayo salió de entre las sombras, sacó su silla y la sentó. Ella se sentía como un hombre condenado a morir en la horca, esperando en el patíbulo la rápida caída y el momento final. Ella tenía que lidiar con el señor Hadley. Había algo inquietante en estar demasiado cerca de él, el olor a sándalo y pino que percibía cuando estaba a solo unos metros de él, y la forma en que sus labios se curvaban en una sonrisa irónica mientras ella se acercaba. Hacía que sus rodillas temblaran y su pulso palpitara. Nada acerca del señor Hadley la hacía sentir estable y en control.

Aun así, era mejor que lo hiciera ella que Rowena. Su hermana pequeña podría enamorarse del seductor de cabello negro con sus sonrisas perversas y sus carcajadas.

Sí, era bueno que Rowena estuviera sentada más cerca del tranquilo y apuesto Conde escocés de Forres. Él era un compañero de cena mucho más prudente que un cazafortunas como Hadley.

—Señorita Pepperwirth —saludó fríamente el señor Hadley al ocupar el asiento junto a ella una vez que todas las damas y los caballeros restantes se habían sentado.

—Buenas noches, señor Hadley —respondió ella con la misma frialdad. Para el final del tercer plato, probablemente helarían su extremo de la mesa con su fría cortesía.

—¿Está disfrutando del clima? —su pregunta la sorprendió, y respondió antes de pensar su respuesta.

—¿El clima? Estamos en octubre, señor Hadley, un hermoso mes otoñal. Por supuesto que lo disfruto —ella no había querido decir eso, no había querido revelar nada de las cosas que disfrutaba. La volvía agradable, y eso significaba que los pretendientes se fijarían en ella. No podía permitirlo.

—Entonces, ¿disfruta del mes de octubre? ¿Qué es lo que le gusta de él? —sumergió la cuchara en su tazón de sopa de crema de berros y, después de probarla, inclinó el cuerpo hacia ella. Era inapropiado hacerlo, pero nadie más pareció darse cuenta de su posición o de su atención hacia ella.

Sus ojos se cruzaron con los de ella, y Milly vio un brillo desafiante en su mirada bajo el que se escondían otras emociones más desconcertantes... calor, pero no de ira. Lo miró fijamente a pesar de que su mirada la hacía sentir tan desnuda como si no llevara nada más que un corsé y una camisola.

Un repentino rubor calentó el cuerpo de Milly desde la punta de sus pies hasta las mejillas. ¿Cómo podía un simple movimiento, su cuerpo girado hacia ella en un entorno cercano, hacerla reaccionar tan... intensamente?

Como una fiebre. El pensamiento apenas penetró en la bruma que permanecía en los límites de su mente y su cuerpo. Salió de ella sacudiendo un poco la cabeza.

—Lo siento, ¿qué me ha preguntado? —ni por asomo recordaba su pregunta

—Octubre, ¿qué le gusta de él? —él estaba ignorando descaradamente a la mujer que tenía a su derecha, y unas cuantas personas al otro lado de la mesa se estaban dando cuenta.

Milly tragó duro y cogió su copa de agua. Sentía su lengua un poco gruesa y la garganta seca. La intensa atención de Hadley era inquietante.

—Yo... eh... Disfruto del cambio de color de las hojas, la manera en que la brisa fresca tiene un ligero toque ardor.

Oh cielos, estoy divagando. Se apresuró a comer una pequeña cantidad de su sopa de berros, sin atreverse a mirar en dirección a Hadley. Cuando él no dijo nada, ella finalmente se vio obligada a mirarlo. Esos ojos, que prometían peligro y seducción, estaban totalmente fijos en ella. ¿Cómo podía hacerla sentir tan desnuda y excitada? Como si ella no le ocultara nada y, con ese destello de arrogancia que vio, él supiera *exactamente* lo que ella estaba pensando. Milly le devolvió la mirada, con el corazón latiéndole tan fuerte que se preguntó si tendría las costillas magulladas al día siguiente.

—Y usted, señor Hadley. ¿Qué le gusta de octubre?

Él soltó una risita.

—No me gusta el mes. En absoluto. Prefiero junio o julio. El calor, ya sabe, eso me gusta mucho más. La sensación del sol calentando mi piel desnuda... un hombre puede volverse adicto a la sensación de ese ardor placentero, quizá incluso una mujer también pueda.

¿El calor? ¿A él le gustaba el calor? Ella dudaba mucho que se refiriera al calor del sol. No, intuía que el calor al que él se refería era algo totalmente distinto, algo que se suponía que ella no debía saber, siendo virgen y, sin embargo, lo sabía. Solo conocía lo suficiente para saber que era malo pensar en palabras como "calor" y "ardor placentero" de un modo tan escandaloso. Había algo en su forma de decir las palabras y en cómo sus ojos se oscurecían al mirarla que hacía que todo eso se sintiera muy inapropiado. Muy inapropiado de una forma deliciosa como comerse el último trozo de postre cuando ella ya había comido demasiado.

—¿No le gusta el calor? —Owen finalmente dejó de mirarla y se volvió de nuevo hacia su plato de sopa.

Con su concentración en ella interrumpida, Milly recuperó fuerzas.

—No. Desde luego que no.

Con una soltura practicada, el señor Hadley se encogió de hombros y replicó:

—Lástima, podría haber sido divertido, para usted y para mí, disfrutar juntos del calor del verano —y luego no conversó con ella durante el resto de la cena.

Por alguna razón, eso la enfadó, enfureció e hirió un poco. Lo que no tenía sentido, ya que él no le agradaba. De hecho, lo despreciaba. Entonces, ¿por qué le dolía? No debería querer que él siguiera hablando con ella o discutiendo cosas que probablemente eran demasiado escandalosas para una cena, pero había habido algo en él mientras le hablaba. Ella se había sentido... viva, incluso cuando habían jugado a cualquier tipo de juego que él hubiera iniciado, y echaba de menos la sensación de excitación que le produjo enfrentarse verbalmente a él, incluso durante un tiempo tan breve.

Durante el resto de la comida, ella participó mínimamente en las demás conversaciones, reflexionando aún sobre las palabras de Owen y lo que realmente significaban... y, lo que era más importante, sobre cómo la había hecho sentir su acalorada mirada.

Milly había pasado el resto de la velada, mientras los hombres estaban ocupados, hablando con Ivy sobre unirse a las sufragistas locales en sus reuniones. Si iba a permanecer soltera, quería dedicar su vida a su pasión, la educación de las mujeres, e Ivy tenía algunas ideas maravillosas de cómo Milly podía involucrarse. Por primera vez en años, se sentía llena de esperanza. Tendría un propósito, uno que no estaría enterrado por las expectativas de la sociedad, sino que la desafiaría y daría a las jóvenes la sensación de un futuro brillante y lleno de oportunidades que nunca habrían soñado sin una educación adecuada.

Pasó mucho tiempo hasta que las damas estuvieron listas para irse a la cama. Los caballeros se habían ido a beber oporto a otra parte de la gran mansión y las damas de la fiesta, afortunadamente, estaban de acuerdo en que era hora de retirarse.

Milly se unió a Rowena cuando subieron las escaleras principales y caminaron por el pasillo hasta su ala. Sus habitaciones estaban una frente a la otra en el pasillo.

—Rowena, recuerda asegurar tu puerta después de que Constance te atienda —le recordó a su hermana pequeña.

—Mi puerta... por supuesto, pero ¿por qué me lo dices? —Rowena entró en su habitación, donde Constance la esperaba. Se quitó los pendientes y los delicados brazaletes de diamantes y se los entregó a la criada, quien los llevó a un joyero de satén que había sobre la cómoda.

—Es el señor Hadley. No me gusta la manera en que te ha mirado esta noche —Milly se apoyó en uno de los postes de la cama, sujetando la madera entre sus manos enguantadas.

—¿Cómo me miraba? ¿A qué te refieres, Milly? —los ojos de su hermana pequeña estaban muy abiertos y un poco asustados.

—Eres demasiado joven para saber qué clase de hombre es él, pero créeme cuando te digo que no querrás ser alguien en quien él esté interesado. Los cazafortunas no tienen corazón. Solo les importa el dinero que pueden conseguir cuando te arruinan. Vi la forma en que él te miraba esta noche. Creo que podría intentar seducirte. No podrías sobrevivir al escándalo si él lo hiciera. Debes tener cuidado de no estar sola en ningún sitio, especialmente con él. Después de la cena de esta noche, me preocupaba que él intentara visitar tu habitación. Es la forma más fácil de comprometer a una mujer.

Al oír esto, su hermana se quedó inmóvil, con el vestido a medio desabrochar por detrás. Constance incluso se detuvo en el acto de deslizar los botones de sus aberturas.

—¿Él intentará comprometerme?

Milly suspiró. Su hermana era muy inocente, como un cordero de sacrificio.

—Sí. Él te comprometería. Vendría a tu habitación en bata, se metería en tu cama y se las arreglaría para ser descubierto contigo —Milly hizo una pausa. No estaba muy segura de lo que seguía, salvo que podría haber una buena cantidad de besos, y algo sobre un hombre acostado encima de una mujer.

—Oh Milly, quieres decir que crees que él... —Rowena hizo un gesto gracioso con las manos aplastándolas entre sí, casi como si estuviera rezando.

Milly asintió.

—Él te forzaría.

Rowena jadeó.

Era un destino peor que la muerte a ojos de Milly. Ser comprometida y luego obligada a casarse con el hombre culpable de la ruina. Los hombres que hacían eso a las mujeres no las amaban, y un matrimonio sin amor era algo que ella nunca quiso contemplar.

—Milady —Constance dirigió a Milly una mirada de pánico porque Rowena se había vuelto de un espantoso blanco ceniciento. Milly cogió a su hermana por los hombros y la sacudió suavemente.

—Rowena, lo siento mucho. No pretendía asustarte. Estoy segura de que el señor Hadley no te haría daño. Parece que él solo rompe corazones, no otras cosas. No creo que él haga ningún daño real, excepto a tu reputación. Pero debes tener cuidado de todos modos. Asegura tu puerta.

Cuando su hermana asintió, con los ojos redondos como platillos de taza de té, Milly le besó la mejilla y cruzó el pasillo hasta su habitación para prepararse para dormir. Se desabrochó el collar y se retiró los pendientes antes de quitarse los guantes negros y dejarlos sobre el respaldo de una silla. Ella tendría que esperar a que Constance la ayudara, así que se sentó en el tocador. Vaya noche había tenido, sufriendo el extraño comportamiento del señor Hadley durante la cena. ¿Había pretendido molestarla como un gato a un ratón? Parecía probable que él solo hubiera intentado conversar con ella por aburrimiento.

Una pena, pensó ella. *Me habría encantado mantener una genuina conversación con cualquier persona, incluso con él.* Pero todas las cosas de las que ella ansiaba hablar, como política o historia, no eran temas favorables para ser tratados por una dama. En Francia, ella había podido hablar tan libremente con los hombres acerca de sus opiniones. En Inglaterra se había visto obligada a aceptar el hecho de que su vida en Francia probablemente nunca sería posible aquí. Los hombres aún deseaban ir a fumar a habitaciones separadas, dejando a las mujeres con sus inútiles cotilleos. Ella sabía que Ivy y Leo rompían con la tradición a menudo y se sentaban a hablar durante horas sobre cosas que sí *importaban*.

Yo nunca tendré eso.

Por un momento, pensó en los brillantes ojos oscuros de Owen y en la forma en que él la había alterado mientras habían hablado, pero también en cómo le había hecho sentir cosas que ella nunca antes había sentido.

Calor. La palabra que él había utilizado para provocarla parecía hacer que todo su cuerpo ardiera con tan solo pensarla. Si tuviera que ser completamente sincera consigo misma, sus burlas habían sido agradables. Pero admitirlo la hizo fruncir el ceño. Él era un cazafortunas y ella no debería disfrutar de sus atenciones. Por supuesto, no tenía motivos para preocuparse, él no tenía ningún interés real en ella.

A los hombres como él, aunque les encantaba el desafío de seducir a las mujeres, no se interesarían demasiado alguien como ella, no cuando tenían a su disposición una presa fácil como su hermana pequeña. En ese momento, la envidia la invadió al darse cuenta de que deseaba, al menos una pequeña parte de ella, que Owen la hubiera querido a ella y no a Rowena. Era una tontería, algo ridículo, pero una parte suya anhelaba ser deseada, a pesar de que había jurado no casarse. Pero no importaba, ella no corría peligro de casarse nunca, ni sería objeto de las seducciones de un cazafortunas.

Milly seguía pensativa cuando Constance entró en su habitación y se acercó para ayudarla a desvestirse. Después de que las capas de seda cayeran al suelo y el corsé y la camisola fueran retirados, Constance le tendió un largo y cómodo camisón elegante con finos encajes adornados con entredoses de cintas. Milly se recogió ligeramente el cabello hacia un lado y sacó una cinta azul de su joyero y la ató alrededor de su pelo a la altura de la nuca.

—¿Lista para acostarse, milady? —preguntó Constance mientras preparaba la cama de Milly.

—Sí —respondió ella, extremadamente cansada.

Había estado despierta desde el amanecer ayudando a Rowena a prepararse para las formalidades sociales que tendrían lugar tanto esta noche como las siguientes durante su primera Temporada. Rowena había estado comprensiblemente preocupada por si cometía un error esta noche. No lo había hecho, por supuesto, sino que se había comportado estupendamente. Milly no podía haber estado más orgullosa de ella. El apuesto Conde de Forres, quien había viajado desde Escocia para la fiesta, incluso se había mostrado interesado por Rowena. Según Ivy, Forres había enviudado recientemente y era padre de una preciosa niña de dos años a la que había traído a Inglaterra. Él y su hija se habían quedado aquí algunas semanas con la Condesa Viuda de Hampton, quien era pariente lejana de él.

—Vendré a verte por la mañana cuando te traiga el té y los bollos —Constance sonrió y se marchó.

Milly se subió a la cama, se ajustó las sábanas alrededor del pecho y suspiró. La cama era muy grande y bastante solitaria. Normalmente no dejaba que un pensamiento tan melancólico la molestara, pero esta noche, por alguna razón, sí lo hizo. Sentía un dolor leve en el pecho, y se frotó la zona con la mano. En algún lugar esta noche, el señor Hadley probablemente se estaba metiendo en la cama, soñando con todos los corazones de jovencitas que robaría y rompería. Un pequeño aleteo traicionero en su pecho hizo que Milly esbozara una mueca de dolor. No debía pensar en Hadley, desde luego no mientras estuviera en la cama... Sin embargo, pensar en ese hombre, por más frustrante y enloquecedoramente irritante que él fuera, le hizo sentir un calor agradable en la fría habitación.

La lámpara de aceite que estaba junto a su cama era la única luz en la habitación y ardía sin cesar. A menudo, ella leía hasta altas horas de la noche y olvidaba apagarla, pero esta noche estaba demasiado cansada para leer. Se acercó y giró suavemente el pomo de latón para apagar la pequeña llama. La oscuridad absorbió la luz menguante y Milly se acostó sobre si espalda. El frío de las sábanas casi le escoció los dedos de los pies y las piernas desnudas cuando el camisón se le subió hasta las rodillas. Una cama fría, una cama vacía. Eso no debería haberle molestado, pero después de la charla del señor Hadley acerca del calor y verano, ella se sentía desequilibrada y molesta.

El simple hecho de pensar en él y en la forma en que sus ojos se habían oscurecido y parecido brillar con llamas interiores, le provocó otra oleada de calor. Sus ojos, como fuego de miel, y sus labios, la forma en que había sonreído sardónicamente, casi burlonamente, de una manera que a ella le gustó, irritó y fascinó todo al mismo tiempo. No había razón para que le gustara la boca de un hombre ni para imaginar cómo sería tener esa boca presionada contra la suya en un beso que provocara el calor del que a él tanto le gustaba hablar. Ella sabía que su beso sería excitante, porque cuando pensaba en ello, su cuerpo florecía con una oleada de calor en su vientre. *Su boca es perversa... pecaminosa... y odio desear conocer su sabor.* Era un pensamiento prohibido, pero uno que no podía evitar. Se tumbó boca abajo, mulló la almohada y cerró los ojos, intentando conciliar el sueño. Iba a ser una noche larga.

Capítulo Tres

Owen se paseaba por su habitación, vistiendo unos pantalones ligeros y una bata, pero sin camisa. Su ayuda de cámara, Evan, había entrado y salido después de ayudarlo a desvestirse, guardar pañuelos, gemelos y otros cien detalles menores del guardarropa de Owen. Normalmente, Evan y él conversaban largo y tendido sobre un sinfín de temas, pero esta noche, él solo tenía una cosa en mente.

Rowena Pepperwirth.

Una joven encantadora y perfecta para sus necesidades. Aunque no había tenido oportunidad de hablar con esta aquella noche, había visto lo suficiente para saber que se acostaría gustosamente con ella. Esta noche, le había pedido a Evan que averiguara la habitación de su futura esposa. Al parecer, ella estaba en el ala opuesta, justo después de la armadura de la izquierda.

Owen consultó el reloj en la repisa de mármol sobre la chimenea de su habitación. Eran las doce y media. Seguramente ella ya estaría dormida. Todo lo que tenía que hacer era colarse en su habitación y esperar a ser "descubierto" cuando Evan encontrara una razón para que la madre de Rowena fuera a verla. Acercándose a la puerta, la abrió un poco y echó un vistazo al pasillo. Vacío. No había criados a la vista y tampoco invitados.

Salió de su dormitorio y se apresuró a seguir el camino que Evan le había descrito. La luz dorada de las lámparas del pasillo y la intensa alfombra roja hacían que el pasillo se sintiera cálido y alegre. Eso lo puso de buen humor. Este plan iba a funcionar. Se detuvo al llegar junto al caballero de la cota de malla. Su reflejo en el brillante casco era casi cómico, y sonrió. Después de esta noche su futuro estaría asegurado, él tendría una joven y encantadora novia y Wesden Heath contaría con una fortuna para mantenerse.

Dos pasos más y llegó a la puerta de Rowena: la mujer que se convertiría en su esposa, aunque con medidas escandalosas, pero Wesden Heath necesitaba protección y apoyo.

—Ya lo tienes, muchacho —murmuró para animarse y cogió el picaporte. El pestillo hizo clic y la puerta se abrió hacia el interior de la habitación a oscuras.

Bien. Ella estaba dormida. Entró suavemente en la habitación y cerró la puerta tras de sí. Era imposible ver, salvo por el pequeño rayo de luz que se filtraba a través de las gruesas cortinas de paño que cubrían la ventana. Finalmente, sus ojos se adaptaron a la falta de luz y distinguió una cama contra una de las paredes. Caminó con cuidado hacia la ventana y metió una mano entre las cortinas, separándolas. La blanquecina luz de la luna bañaba ahora la cama y a su ocupante lo suficiente como para provocar a Owen con la visión de un cuerpo lánguidamente estirado y de curvas suaves. Acostarse con Rowena una vez casados sería una experiencia de lo más placentera, y le enseñaría a la inocente joven a buscar también su propio placer. Él quería que su lecho matrimonial estuviera lleno de deseo mutuo y éxtasis. Una mujer bien amada en la cama era una mujer feliz fuera de ella. Y él pensaba ocuparse de la felicidad de su futura esposa una vez que se hubieran instalado en Wesden Heath.

Rowena se movió en la cama, suspiró y sacó una pierna de las mantas. La piel blanca y sedosa de Rowena hizo que sus dedos desearan acariciarla desde el delicado tobillo hasta la parte superior del muslo. Dios, la tentación de tocarla, de coger lo que quería era muy fuerte, pero dominó su control. De repente, Rowena se removió inquieta en su dirección y luego jadeó.

—¿Quién es usted? —su voz era un susurro de pánico.

—Soy yo, Owen, Hadley. He venido a...

—¿Señor Hadley? —la indignación en su tono era sorprendentemente poderosa y su voz era más grave de lo que él recordaba, una sensual ronquera de mujer adulta más que de jovencita de dieciocho años.

—Rowena —él hizo una pausa, inseguro de qué decir, pero ella se incorporó de golpe en la cama y manipuló torpemente la mesilla de madera. Se oyó el chirrido de una cerilla y luego una lámpara de aceite se encendió, arrojando luz sobre la mujer que estaba en su cama —. Dios mío.

Mildred, quien no era Rowena, lo miraba de manera asesina con su largo cabello castaño oscuro en una deliciosa maraña de ondas salvajes sobre los hombros. Por un momento, él se distrajo por la idea de pasarle los dedos por el pelo mientras le echaba la cabeza hacia atrás para besarla.

—Señor Hadley, abandone mi habitación de inmediato antes de que alguien lo vea —solo entonces Mildred pareció darse cuenta de que el camisón se le había subido por las piernas y tiró de él hacia abajo antes de deslizarse fuera de la cama. La tela se ceñía a su cuerpo más de lo que ella esperaba—. Por favor, señor Hadley —su súplica se abrió paso a través de la bruma de la creciente curiosidad y deseo de Owen.

Bien, Mildred, debo irme ahora... La cordura se restableció rápidamente y él se dirigió hacia la puerta. En el momento en que su mano toco el pomo, tuvo que retroceder cuando la puerta se abrió. Una dama de compañía con un chal sobre los hombros y una lámpara en una mano se quedó helada al verlo.

—Milady... —murmuró la mujer en voz baja, sorprendida.

La situación era mucho peor de lo que Owen podía haber previsto. Lady Pepperwirth, en bata y con el cabello suelto, estaba de pie justo detrás de la criada, con sus agudos ojos examinando a Owen y a la escena con sorpresa.

—Constance dijo que había sido informada de que estabas enferma, querida Milly —dijo Lady Pepperwirth, pero su ceño fruncido expresó todo lo que sus palabras no dijeron—. Parece que no es una enfermedad lo que te aqueja, sino otra cosa.

—Mamá, el señor Hadley ha venido aquí por error, él ya se iba...

Lady Pepperwirth entró en la habitación e hizo un gesto a Constance para que entrara también.

—Silencio Milly. El daño ya está hecho. Los cuatro sabemos lo que ha pasado esta noche, pero no podemos dejar que se corra la voz o tendremos un serio problema —Lady Pepperwirth se volvió hacia Owen—. Usted, señor Hadley, pedirá mañana la mano de Milly hablando con mi marido. Yo le diré que debería aceptar, y la boda se celebrará dentro de unas semanas. Si alguien pregunta, vosotros dos habéis tenido un acuerdo secreto el último año y ahora os vais a casar. ¿Está claro?

—Yo... —balbuceó Owen.

—Usted será debidamente compensado, señor

Hadley. La dote de mi hija mayor es mucho más grande que la de Rowena.

¿La Vizcondesa podía leer su mente?

—Eso es lo que le preocupaba, ¿no? —la fría mirada de Lady Pepperwirth casi lo hizo estremecerse.

Owen se aclaró la garganta y asintió.

—Será un honor pedir la mano de la señorita Pepperwirth mañana a primera hora.

—Bien. Ahora, sugiero que todos nos retiremos por esta noche. Habrá que hacer muchos preparativos por la mañana —Lady Pepperwirth abrió la puerta y empujó a una todavía aturdida Constance hacia el pasillo.

Durante un largo momento, Owen no pudo moverse. Su mente estaba en blanco y solo sentía como si sus pies estuvieran clavados en la alfombra.

—¿Qué ha hecho? —siseó Mildred.

Su tono de reprimenda lo hizo volver en sí, y se giró para mirarla.

—Nos he comprometido, eso es lo que he hecho, y no podemos librarnos de ello —se metió las manos en los bolsillos de su bata, furioso.

Mildred caminó directamente hacia él y le clavó un dedo en el pecho desnudo a través de la bata abierta.

—Usted pensó que yo era Rowena. Era a ella a quien quería comprometer, ¿no?

Él capturó su muñeca, pero en lugar de apartar su mano, se aferró a ella, admirando la piel suave y cálida. El pulso se le aceleró en el delicado punto del interior de su muñeca donde los dedos de Owen estaban enroscados.

Debería soltarla. Pero no lo hizo. Estaba mirando fijamente sus brillantes ojos azules tan llenos de fuego y esos suaves labios de rosa que estaban haciendo un mohín, lo cual, le provocó ganas de besarlos, quizá de mordisquearlos...

—Hadley, ¿me está escuchando? —ella luchó por liberar su muñeca.

—Mildred, por favor, llámame Owen. Vamos a casarnos —intentó contener una sonrisa repentina ante la ridícula situación. No estaba seguro de si era una pesadilla casarse con ella o no. Tendría que esperar para averiguarlo. Había algo innegablemente fascinante en enfadar a Mildred. Aunque estaba condenado a casarse con la arpía, al menos podía reírse de ello.

—Bien. Owen. Y si vuelves a llamarme Mildred de nuevo, te...

Los labios de él se crisparon.

—¿Prefieres Milly, entonces? Yo también. Gracias al cielo que al menos estamos de acuerdo en una cosa.

Su femenino resoplido de disgusto lo hizo soltar una risita. Al igual que octubre y julio. Ellos eran opuestos. Qué terrible pareja harían. Pero ya que estaba condenado, podía aceptar la ridiculez de saber que se casaría con ella en unas semanas.

—¡Lo has estropeado todo! —espetó Milly, pero él vio en sus ojos un brillo de dolor más que de ira. ¿Ella había amado a otro? ¿La estaba robando de un hombre con el que ella había pretendido casarse?

—Milly, ¿tenías...? —él tragó saliva antes de continuar—. ¿Tenías un acuerdo con otro hombre? —no estaba seguro de por qué quería que ella dijera que no. Pensar en ella llorando en una almohada por otra persona después de que fuera suya no era un pensamiento agradable, y no era que él la quisiera. No la quería. Él quería a Rowena.

Milly suspiró, con una pequeña lágrima cayendo por su mejilla derecha mientras se liberaba de su agarre. Lo rodeó, fue hasta su cama y se sentó en el borde, metiendo las rodillas bajo la barbilla como una niña.

—Yo no quería casarme con nadie, no así... —resolló y lo miró—. Y ahora voy a estar atrapada contigo —le hizo un gesto con la mano y volvió a resollar, con los ojos demasiado brillantes y llenos de lágrimas. ¿Acaso había creído alguna vez a Milly Pepperwirth capaz de llorar? No, no lo había creído. Para él, ella siempre había sido el baluarte de la soltería femenina. Hermosa, pero fría e intocable. ¿Quién era esta belleza de ojos llorosos que encendía un fuego no deseado pero innegable en su sangre?

Owen se puso en movimiento antes de darse cuenta. Se acomodó a su lado en la cama, le cogió la barbilla y le giró la cara hacia la suya.

—Milly, siento haberte hecho esto, a los dos —lo decía en serio. Estaban atrapados el uno con el otro.

Sus largas pestañas se agitaron y las lágrimas cubrieron sus labios como pequeños cristales. Esta no era la mujer enfadada de la cena de esta noche, esta mujer era vulnerable y extrañamente hermosa a pesar de sus ojos enrojecidos por las lágrimas. Se le oprimió el pecho al darse cuenta de que la había hecho llorar. Owen no pudo evitar preguntarse si su acto distante era realmente eso, *un acto*.

—Entonces no vayas a ver a mi padre mañana. Solo vete. No le diré a nadie lo que ha pasado.

Él sacudió la cabeza.

—El daño ya está hecho —se acercó unos centímetros, deslizando una mano por la barbilla de Milly hasta llegar a su mejilla y cogerla. Su piel era suave como la seda, y él entrecerró los ojos mientras se fijaba en sus labios. Sintió el repentino deseo de saborearla, una mujer a la que no soportaba—. Déjame besarte —le suplicó en un susurro entrecortado. Arrastrado por una oleada de deseo, quería saborear los labios de esta mujer para ver lo pasional que era cuando no estaba discutiendo verbalmente con él.

—¿Qué? —parpadeó sorprendida y retrocedió unos centímetros.

Todo instinto depredador se apoderó de él e inclinó la cabeza, rozando sus labios con los de ella, lo suficientemente suave como para que Milly pudiera retirarse o inclinarse hacia adelante. La boca de ella tembló contra la suya y sintió que se inclinaba hacia él, solo unos centímetros. Owen enroscó los dedos en su nuca y la mantuvo inmóvil para besarla. La saboreó, le acarició los labios y deslizó la punta de la lengua por la comisura de sus labios. A Milly se le escapó un suave carraspeo y él quiso cantar triunfante mientras ella le devolvía el beso. Después de todo, ¡la dama podía ser seducida!

Owen necesitó de una sorprendente fuerza de voluntad para separar sus bocas. Apoyó su frente en la de ella y le acarició las mejillas con los pulgares mientras respiraban entrecortadamente.

—Sé que esto no es lo que querías, y lo siento —volvió a besarla, esta vez en la mejilla, y salió de la habitación antes de que ella pudiera decir otra palabra o derramar otra lágrima que él pudiera ver.

Capítulo Cuatro

Tres semanas después. *Tres largas* semanas después, Milly estaba de pie frente el altar de una pequeña iglesia en el pueblo a las afueras de Pepperwirth Vale, el hogar de su familia. Owen estaba a su lado, vestido con su mejor chaqué, el cual debería haberle dado un aspecto respetable, pero lo único que consiguió fue convertirlo en un hombre perverso que haría que todas las mujeres de los bancos de detrás de Milly se pusieran verdes de envidia.

Habían pasado las tres semanas anteriores a este momento en compañía del otro casi a diario y ella estaba aprendiendo que él no era tan despiadado como había pensado, pero eso no cambiaba el hecho de que ella no quería estar aquí en el altar enfrentándose a una vida con este hombre. Aunque lucía como un buen novio...

¡Maldita sea! Ni siquiera lo quiero como esposo. No lo quiero.

Owen la miró, una ceja oscura levantada como si hubiera escuchado sus pensamientos salvajemente inapropiados.

—Es la hora del anillo —susurró él lo suficientemente alto como para que solo ella lo escuchara.

Un rubor tonto sonrojó sus mejillas mientras ella extendía su mano enguantada. Eran unos guantes de novia especiales que permitían quitar la seda del dedo anular, colocar el anillo y volver a poner la seda sobre él. Owen hizo todo esto metódicamente, pero un segundo antes de colocar el anillo en su dedo, la mano le tembló y casi lo dejó caer. Cuando el anillo se acomodó sobre su piel y él volvió a deslizar con cautela la seda sobre el dedo, ambos compartieron un suspiro de alivio y, por un instante, también una sonrisa, pequeña y fatigada, pero la compartieron al fin y al cabo. Extrañamente, en ese momento, no se sintió sola. Ambos se estaban enfrentando juntos a esta vida.

El resto de la ceremonia fue un borrón. Milly tenía a Rowena e Ivy como damas de honor, y ellas se encargaron de arreglar su larga cola de seda color crema mientras ella se preparaba para caminar al altar. Owen esperaba pacientemente con el antebrazo extendido hacia ella. Miró su brazo y luego lo miró a él. Él le dedicó la más leve inclinación de cabeza en señal de ánimo. Lo último que quería era tocarlo, seguía furiosa con él, pero se sentía un poco mareada y el velo de tul parecía pesarle en la cabeza. Tener algo sólido para aferrarse la ayudaría.

Los dedos de Milly se enroscaron en el brazo de Owen, aferrándose a la tela de su manga.

—¿Lista?

—Sí, por favor, solo no dejes que me tropiece —le suplicó ella. Las voluminosas faldas de su precioso vestido tenían mucha más tela de la que estaba acostumbrada, y el ritmo frenético de sus latidos la hacía sentirse inestable sobre sus pies.

—Te tengo —el cuerpo de Owen era cálido y duro junto al suyo, lo que supuso un consuelo inesperado pero bienvenido. Cubrió la mano de Milly sobre su brazo con la mano que tenía libre, acariciándola suavemente.

Al menos en esto estamos unidos, pensó ella.

Caminaron juntos por el pasillo, pisando un camino de pétalos de rosa mientras se dirigían a la entrada de la iglesia. Habría una ligera comida entre la familia de ella y Owen, antes de que ellos partieran hacia la finca de él. Wesden Heath. Ella sabía muy poco del hombre con el que se había casado. Su marido. Qué extraña se sentía esa palabra en su lengua. Todo lo que ella sabía era que sus tierras estaban situadas en algún lugar de la pequeña región de Cotswold.

Durante el tiempo que habían pasado juntos en las tres semanas previas a la boda, él había hablado de su hogar con cariño, con una suave sonrisa de labios carnosos iluminando sus ojos. Ella se había sentido melancólica al pensar que dejaría Pepperwirth Vale porque sentía lo mismo por su propio hogar que él por el suyo. Pero ahora, tenía que ir con él, como su esposa, ya no podía quedarse aquí con sus padres y esconderse. Nuevos temores habían reemplazado a los antiguos. ¿Qué le esperaba? ¿Él la abandonaría en la finca y volvería a Londres a tener aventuras con amantes?

Milly se estremeció, intentando no pensar en ello. Primero tenía que sobrevivir a su noche de bodas. Owen había mencionado el día anterior que cogerían un carruaje hasta una posada a medio camino de su finca. Milly sabía que no podía protestar contra ninguno de sus planes, pero una pequeña parte de ella estaba asustada por la idea de abandonar por primera vez Pepperwirth Vale, y para siempre. Una cosa era viajar y volver, pero Pepperwirth Vale ya no sería su hogar después de esta noche. Tal vez a algunas mujeres les parecía bien abandonar sus hogares después del matrimonio, pero ella era una mujer que había echado raíces allí en su hogar y se sentía unida al lugar donde se había forjado una vida. Wesden Heath tendría que ser su nuevo hogar y ella tendría que aprender a sentirse cómoda en él.

—Milly, ¿qué pasa? —Owen los había detenido delante de su carruaje, el cual los llevaría de regreso a casa de sus padres para que cenaran y se cambiaran.

—¿Mmm? —respondió, mirando a los asistentes a la

boda que salían de la iglesia tras ellos, riendo y sonriendo. Algunos ya les arrojaban arroz.

—Me estás cogiendo el brazo con demasiada fuerza —dijo Owen, quien parecía más que preocupado debido a la forma en que fruncía las cejas.

Forzándose a liberar sus dedos, ella le soltó el brazo y suspiró.

—Lo siento.

—No pasa nada, Milly. No hace falta que te disculpes —ayudó a Ivy y a Rowena a recoger las faldas de su vestido y subirlas, y luego cogió a Milly por la cintura y la subió al carruaje.

Cuando ambos estuvieron sentados, solos a excepción del conductor en la parte delantera, ella se volvió hacia Owen.

—Puedes dejar de hacer eso, lo sabes —ella dejó el ramo en el asiento de enfrente y enfureció. Entre el beso que él le había dado la noche en que los descubrieron y la fachada amable y cariñosa que mostraba ahora, ella tenía ganas de gritar. A ninguna mujer le gustaba saber que un hombre la estaba aplacando. Si iba a estar atrapada, él no debería ser condescendiente y tratarla como a un caballo asustadizo.

—¿Dejar de hacer qué? —Owen tiró de los bordes de sus guantes y curvó los dedos para ajustarlos mejor.

—De tratarme tan amablemente. No tienes que fingir. Nuestra situación ya es bastante mala. No debemos añadir mentiras ni falsos comportamientos a esta farsa.

El antipático hombre se rio.

—Tienes una lengua mordaz, esposa. Había esperado que el matrimonio domara ese temperamento de gruñona —se recostó en el carruaje abierto, adoptando la pose de un hombre muy a gusto, y Milly estalló.

—¡Canalla! —ella cogió su ramo del asiento de enfrente y se inclinó para golpearlo en el pecho con las flores. Los pétalos explotaron en un estallido floral y la ligera brisa del movimiento del carruaje capturó los pétalos y los esparció por todo el interior de éste y sobre sus ropas. La gente que estaba de pie en los escalones de la iglesia estalló en carcajadas al ver el viento y las flores bailando a su alrededor.

—¿Qué demonios? —Owen se incorporó de golpe, intentando quitarse las flores del regazo. Miró a Milly con los ojos entrecerrados—. ¡No me importa ponerte sobre mi rodilla! —la agudeza de sus ojos se iluminó con un calor que la sobresaltó. La amenaza parecía más sensual, como si él no pensara hacerle daño. Por alguna razón, eso la enfureció aún más.

—¿Ponerme sobre tu rodilla? —su voz era chillona, incluso para sus propios oídos—. ¡Vaya hombre! ¿Y te preguntabas por qué nunca quería casarme? —le golpeó el pecho con la palma de la mano, intentando apartarlo, pero él le rodeó la cintura con un brazo y la arrastró hasta su regazo. Seguía balbuceando indignada cuando él acercó su boca a la suya. Este no fue un dulce y prolongado roce de labios como el de esa noche en su habitación. Era sensual, húmedo, delicioso y perverso. El bajo vientre le tembló y sus manos se apoyaron en el pecho de Owen antes de cerrarse en puños mientras se relajaba. Era imposible no disfrutar esto.

La mano de Owen le cogió la mejilla y susurró contra sus labios:

—Abre la boca.

—Abrir mi... —su confusión fue sustituida por sorpresa cuando él aprovechó que ella tenía los labios entreabiertos y deslizó la lengua en su interior. La extraña y erótica sensación fue demasiado. Milly se retorció mientras parte de la zona inferior de su cuerpo cobraba vida, casi doliéndole con un intenso malestar. ¿De entre todos los hombres, cómo podía Owen afectarla así? Él no le gustaba.

¿Qué me pasa? ¿Se suponía que una mujer debía sentir semejantes cosas por un hombre? Ella había escuchado algún que otro rumor, pero creía que solo era eso. Rumores y nada más... pero esto... esto no era fantasía. Esto era una realidad dura, nítida, maravillosamente desconcertante y placentera.

—Ya está —Owen deslizó un dedo por su labio inferior—. ¿Te sientes menos gruñona? —el brillo diabólico de sus ojos dijo que estaba bromeando, pero aun así la enfureció. No quería que un hombre la llamara gruñona, y menos su marido. Dolía. No era una gruñona, simplemente odiaba que la obligaran a casarse con un hombre de quien estaba segura que nunca la vería como algo más que una cuenta bancaria.

—¡Has usado mi cuerpo en mi contra! —acusó ella, plenamente consciente de que aún seguía en su regazo, aferrada a su abrigo como un gatito asustado, pero parecía que no podía soltarlo.

—Sabes —dijo, pensativo—, apuesto a que si dejaras de luchar contra ti misma, podrías estar más contenta con nuestra situación.

—¿Contenta de estar casada contigo? ¡Jamás de los jamases! —Milly finalmente tuvo la sensatez de bajarse de su regazo, y él la dejó. Una pequeña parte de ella, solo una pizca, se sintió decepcionada de que él no luchara por mantenerla cerca.

Debería estar agradecida, no decepcionada. Pero no podía negar la presencia de esa emoción traicionera. Ella la enterró en lo más profundo de su ser y se concentró en la comida ligera que tendrían en su casa y en el largo viaje que le esperaba con su marido.

¿Qué voy a hacer? Sola con él por el resto de mi vida... Él nunca me querrá, no cuando puede ir a Londres y tener como amante a cualquier mujer de su elección. Sola, tal y como había jurado que siempre había querido, aunque le pareciera una horrible mentira. ¿Por qué ahora parecía un destino tan insoportable?

* * *

Owen sintió un extraño placer al bajar a Milly del carruaje. Sus mejillas seguían siendo de un bonito color rosa, como un alabastro con un toque de rosa. Había disfrutado silenciándola con un beso, saboreando su sorprendida respuesta. Y ella había respondido bastante bien. Su esposa gruñona tenía un lado suave y sensual que, tenía que admitir, le fascinaba.

La noche anterior la había escuchado conversar con los demás invitados durante la cena previa al día de la boda y había descubierto que ella tenía una mente ingeniosa. Había más en ella de lo que él había esperado. La mayoría de las hijas de la nobleza estudiaban fuera y volvían instruidas, pero ellas a menudo le recordaban a los loros que él había visto combatiendo en la guerra de África. Podían repetir frases rebuscadas que les habían dicho, pero no tenían pensamientos originales.

Ese no era el caso de Milly. Ella tenía opiniones, bien formadas, y a él le gustaba saber que su mujer no sería una tonta obsesionada con los cotilleos y la última moda parisina. No era que Milly no tuviera un aspecto y gusto excelentes para la ropa. Él sería el primero en admitir que ella era despampanante. Cuando ella había entrado en la iglesia esa mañana, él había olvidado respirar, y solo cuando ella se había acercado más a él, había notado que le ardían los pulmones y entonces había cogido aire. Él quería reírse de sí mismo y de toda la situación. Había acabado con la esposa más hermosa que un hombre podía desear, una mujer con agudeza e inteligencia y labios hechos para besar y, sin embargo, ella lo despreciaba. Eso lo molestaba más de lo que debería, pero aunque él buscaba una novia por una ganancia monetaria, había esperado que la mujer con la que acabara casándose disfrutara de estar con él, tanto en la cama como fuera de ella.

Owen la miró cuando su carruaje se detuvo frente a Pepperwirth Vale. Ella aún tenía las mejillas ruborizadas por el beso, a pesar de que había pasado un cuarto de hora desde que habían salido de la iglesia. Si, ella lo despreciaba, pero cuando habían estado unidos en ese abrazo, él había saboreado su pasión, su anhelo, su deseo. La pregunta era, ¿podría él convertir eso en algo más?

Demonios, yo espero que si...

Cuando él la bajó al camino de grava, a pocos metros de la puerta, una hilera de sirvientes los observaba plácidamente mientras esperaban para atenderlos. Dos doncellas del piso de arriba se apresuraron a coger la costosa cola de seda del vestido y llevarla al interior detrás de Milly mientras ella caminaba.

Ella estaba radiante, desfilando regiamente por la puerta de su casa solariega, con la barbilla en alto. Su hermoso cabello castaño estaba recogido en un espiral de rizos sueltos y nudos, con horquillas de diamantes en forma de estrella sujetando el velo plegado. Cuando se detuvo en el peldaño inferior de la escalera principal, con una elegante mano enguantada en la barandilla, su figura de curvas perfectas, destinadas para las manos de un hombre, se presentó en una postura de reina. De nuevo, Owen tuvo que recordarse a sí mismo que debía respirar. Ella era un cuadro de resplandor y era *suya*.

—Estoy segura de que el señor Aslet, nuestro mayordomo, tiene una habitación preparada para que te pongas tu ropa de viaje.

—Eh... si, gracias —murmuro él, todavía un poco distraído mientras miraba a su novia subir las escaleras. La forma en que la luz entraba por las ventanas desde ambos lados hacía que su vestido y el gran lazo sobre su exquisito trasero parecieran brillar con una luz intensa, lo cual solo lo tentaba más.

—Señor Hadley, lo acompañaré a su habitación, si está listo —el señor Aslet, el mayordomo, era un hombre alto y delgado, su cuerpo estaba hecho de ángulos agudos y precisión.

Owen asintió y siguió a Aslet escaleras arriba y por un pasillo en dirección opuesta a la que había ido Milly.

Su baúl de viaje estaba sobre la cama, con todo lo necesario para su próximo viaje. Pantalones, un abrigo y botas. Él había enviado a su ayuda de cámara Evans y a la criada de Milly, Constance, a Wesden Heath, donde Milly y él se reunirían con los criados al día siguiente. Milly le había asegurado que podría arreglárselas una noche sin criada. Owen lo dudaba, pero pensó que sería divertido verla intentarlo. Se despojó de su chaqué y lo metió en su baúl y luego se puso su ropa de viaje antes de volver a bajar las escaleras. Dos lacayos estaban llevando bandejas al comedor. Él se dirigió hacia esta habitación, pero antes de que pudiera llegar, los padres de Rowena y Milly entraron por la puerta.

—Ahh, señor Hadley, si no le importa, ¿podríamos hablar en mi estudio? —Lord Pepperwirth hizo un gesto con la mano para indicarle el camino.

—Por supuesto —siguió al padre de Milly, reacio a saber lo que el hombre tenía que decir. Lord Pepperwirth había hecho un buen trabajo dándole un escarmiento la mañana siguiente a su descubrimiento en la habitación de Milly. Pero después de la dura reprimenda por su comportamiento, el hombre había parecido un poco feliz de que finalmente había concertado un matrimonio para Milly.

Cuando entraron en el estudio de Lord Pepperwirth, éste le hizo señas a Owen para que se sentara en uno de los lujosos sillones de cuero frente al gran escritorio Chippendale. Lord Pepperwirth se sentó y acarició con una mano su barba oscura manchada de color plata.

—Milly es... difícil a veces —empezó él.

Owen contuvo la respiración durante un segundo, preguntándose a dónde iba a conducir esta conversación.

—Pero es increíblemente brillante, como su madre. Es el tipo de mujer que, si se le da la más mínima oportunidad, puede ser una ventaja en la vida de un hombre, no un obstáculo —sus ojos azules, muy parecidos a los de sus dos hijas, clavaron a Owen en su silla—. He consentido esta ridícula boda porque mi esposa insistió en que era la única forma de salvar la reputación de Milly. Sé que a un hombre puede interesarle tener una amante, pero cualquier hombre que se case con mi hija no lo hará. ¿Comprendes? Ella merece ser feliz. Si deseas tener una relación amistosa conmigo y con cualquiera de mis conocidos, te encargarás de que ella sea feliz —Lord Pepperwirth esperó una respuesta, con los brazos cruzados sobre el pecho.

Owen eligió sus palabras con cuidado.

—Puede que ella no sea a quien yo habría elegido, pero haré honor a nuestros votos y haré todo lo que esté en mis manos para hacerla feliz —él no pensaba alejarse de su lecho conyugal, y quería estar malditamente seguro de que ella tampoco lo hiciera, convenciéndola de que ser su esposa y su amante sería un placer intenso. Él valoraba la santidad del matrimonio, aunque fuera un canalla a los ojos de la sociedad.

Lo decía en serio. Para que un matrimonio funcionara, ambos debían ser felices. Y el reto de seducir a una mujer gruñona que tenía un secreto lado sensual era fascinante.

—Bien. Ahora —Lord Pepperwirth se puso de pie y Owen se levantó también—. Milly tendrá acceso a su dote al igual que tú. Te sugiero que le permitas hacerse cargo de sus finanzas cuando ella lo necesite. Mi hija gasta sabiamente, y yo deseo que tenga su libertad monetariamente hablando, si lo necesita.

Owen asintió.

—Está bien, siempre y cuando esté dispuesta a ayudarme a utilizar una parte para ayudar a mi finca.

Lord Pepperwirth rodeó la mitad de su escritorio y luego se detuvo.

—Por eso necesitabas casarte, ¿eh? Mi esposa sospechaba que el dinero era un motivo, pero supuso que tenías algunos vicios con qué lidiar. No estoy de acuerdo si ese es el rumbo, pero la tierra de un hombre, ese es otro asunto completamente diferente.

No había razón por la que él tuviera que decirle nada al padre de Milly, pero al hombre se le debía una pequeña explicación.

—Wesden Heath pertenece a mi familia desde hace doscientos años. Después de que mi padre falleciera mientras yo estaba en Sudáfrica para la guerra, pasó a manos de mi madre y ella no pudo seguir con ello, no con su débil corazón. Ella murió un mes antes de que yo volviera a casa. Quiero que vuelva a ser un lugar habitable, un hogar tanto para Milly como para mí —Owen tiró de las mangas de su chaqueta, intentando parecer absorto por si Pepperwirth tenía una respuesta negativa, pero no la tuvo.

—Parece un propósito honorable, señor Hadley. Milly podría serle más útil de lo que cree.

¡Una promesa muy vaga por parte del hombre mayor! Owen levantó las cejas, esperando que Pepperwirth ampliara su comentario, pero se sintió decepcionado.

—Bueno, es hora de que nos reunamos con los demás. Esa ceremonia me ha dejado hambriento.

Owen siguió al padre de Milly fuera del estudio y de vuelta al comedor, donde se habían reunido las damas y algunos amigos íntimos y familiares. Ivy y Leo se separaron de los demás invitados y se acercaron.

—Enhorabuena, Hadley —los ojos centelleantes de Leo tenían demasiado deleite en detrimento de Owen para que se sintiera feliz.

—Sí, sí, ríete mucho —murmuró él.

Cuando Ivy lanzó una mirada desconcertante entre los dos, Leo rio entre dientes.

—A Owen nunca le ha agradado Mildred, y lo mismo le pasa a ella con él. Como un par de gatos en un saco, siseando y mordiéndose —la amplia alegría de Leo agrió el humor de Owen.

—Sabes muy bien que yo tenía otras intenciones.

Ivy frunció el ceño ante esto.

—Sí, Leo me lo mencionó. Señor Hadley, siga mi consejo. Su gusto por el escándalo le ha obligado a pagar un alto precio. Le sugiero que se tome esa lección muy en serio —sus ojos con una forma ligera de almendra, tan cálidos y oscuros, de mirada gitana, le habían encantado a él unos meses atrás. Pero ya no. Ahora, cuando se imaginaba unos ojos, todo lo que veía era un destello azul de fuego y rebeldía—. Milly es más dulce de lo que usted cree, señor Hadley —continuó Ivy, inclinándose hacia él como si no quisiera que la oyeran.

—¿Oh? Eso me sorprendería —su respuesta fue un poco demasiado sardónica porque Leo carraspeó en señal de desaprobación—. ¿Qué? —desafió él—. Tú no estás casado con la mujer. Es probable que nos matemos antes de llegar a la luna de miel —aunque él sentía curiosidad por el comportamiento de Milly como un reto seductor, no estaba del todo preparado para lidiar con la mujer como su esposa.

—Ella es totalmente independiente, señor Hadley. No la enjaule o ella se enfadará con usted.

¿Enjaularla? Eso sonaba como una tarea imposible. Él se metió las manos en los bolsillos del pantalón y frunció el ceño.

—No tengo intención de hacer tal cosa. Ella será perfectamente libre de hacer lo que quiera mientras no interfiera en mis asuntos.

Leo puso los ojos en blanco.

—Qué romántico eres, Hadley. Ven Ivy, querida, vamos a comer un poco de tarta —Leo la apartó mientras su cara se sonrojaba, como si tuviera algo más que decir. Ella probablemente lo habría sermoneado más de no ser por la oportuna intervención de Leo.

Owen intentó entablar una conversación trivial con los invitados, pero la molesta sensación de que él era, de algún modo, un extraño lo tenía nervioso. Él quería encajar en este mundo, en la estrecha comunidad de los

Hampton y los Pepperwirth. Sin embargo, ni una sola persona de la boda, aparte de Leo, había venido como su invitado. Desde la muerte de sus padres, se había sentido más solo que nunca. Tenía algunos primos lejanos por parte de los Hadley, pero ninguno tan cercano como para que él lo pudiera haber invitado a la boda. Tampoco ayudaba el hecho de que Milly pareciera estar evitándolo a propósito.

Ella había bajado después de haberse cambiado, con una blusa blanca metida dentro de una sensata falda de tweed. Las piezas traseras y delanteras de la falda tenían botones y estaba decorada con un galón a lo largo del dobladillo. Mostraba su pequeña cintura y el ensanchamiento de sus caderas femeninas con un estilo elegante y demasiado agradable. Milly no se había vestido para parecer atrevida, pero él no pudo evitar albergar pensamientos deliciosamente perversos sobre meter la mano bajo su falda. Aunque ella le estuviera dirigiendo esos ojos azules con rabia, él haría todo lo posible por tentarla a la pasión.

Con una maldición silenciosa, Owen tuvo que admitir que esta mujer lo estaba confundiendo. Él creía que Milly no le agradaba, pero ella no dejaba de hacerlo cambiar de opinión. Él quería que ella le agradara y estaba empezando a hacerlo, incluso cuando parecía empeñada en frustrarlo. En un momento, él quería llevársela a la cama. Al siguiente, quería volver directamente a Brooks, en Londres y evitarla hasta que aprendieran a convivir amistosamente. ¿Eso era posible con Milly? Él soltó una risita, atrayendo varias miradas desconcertadas de los invitados que estaban cerca. Se aclaró la garganta y se concentró en el desayuno. Lo único que él quería era acabar con esto y marcharse para que pudiera resolver lo que sentía por su mujer en privado.

Él había conseguido una habitación en la Posada White Rose para pasar la noche, e iba a ser bastante difícil conseguir que Milly no montara un escándalo. Pero él iba a insistir en que compartieran habitación y cama como marido y mujer, aunque no consumaran su matrimonio. A este paso, eso probablemente tardaría años. No era que él no fuera a hacer todo lo posible por convencerla de que compartir la cama con él sería placentero. Pero sin duda, en su primer intento de cortejarla, ella querría estrangularlo porque él sabía que ella no quería ese matrimonio y tenía bastante mal genio cuando se enfurecía.

Owen gimió. Sería pura suerte que su nueva esposa no lo asfixiara con una almohada esta noche mientras dormía.

Capítulo Cinco

illy se despidió de sus padres con un abrazo y le dio un beso en la mejilla a Rowena. Su hermana pequeña se secó las lágrimas de los ojos.

—Oh, Milly, ¿me dejarás ir a visitarte? Mamá dice que cuando haya contratado a una criada para mí, me dejará ir a verte —Rowena volvió a abrazarla, con la nariz enrojecida mientras sorbía.

Milly miró a Owen, quien estaba de pie junto al taxi alquilado.

—Estoy segura de que no habrá problema. Te escribiré y te avisaré cuando esté instalada.

—Bien —Rowena dio un paso atrás, apretando las manos, intentando sonreír, pero su sonrisa era trémula. Milly quería quedarse aquí, con su familia, en un lugar que le era familiar y en el que se sentía cómoda. Esta noche, ella partiría hacia lo desconocido, y era aterrados no tener ningún control. Estaba casada con un desconocido, iría a una ciudad en la que nunca había estado antes, y estaba muy sola. Se le hizo un nudo enorme en el estómago y le dolió el corazón al darse cuenta de que su vida nunca volvería a ser la misma.

—¿Lista? —Owen llamó un poco fuerte por detrás de ella. Se estremeció y dedicó una última sonrisa a sus padres.

—Estarás bien, Milly. Escríbenos en cuanto puedas —dijo su madre, parpadeando para apartar un sospechoso brillo de lágrimas de sus ojos.

Milly se ciñó un poco más el abrigo, se dio la vuelta y se dirigió al taxi. Se detuvo antes de subir, con el corazón aferrado a un último momento de la vida que había conocido, y con un suspiro entró en el vehículo. El conductor del asiento delantero ya había cargado las maletas y estaban listos para partir. Milly se deslizó para permitir que Owen entrara. Él se sentó y le dijo al conductor que partiera.

Mientras el taxi se alejaba de Pepperwirth Vale, Milly se giró en el asiento para mirar por la ventanilla. La vista cada vez más pequeña de su antiguo hogar le destrozó el corazón. Ella estaba dejando atrás todo y a todos los que amaba por un matrimonio forzado con un hombre que no la quería. Si se hubiera casado con un hombre al que amara, y que la amara a ella, aún se habría sentido triste por abandonar su hogar. Pero

¿dejarlo mientras estaba atada a un cazafortunas, el cual nunca vería su valor, nunca se preocuparía por su corazón o su mente ni la amaría...? Era demasiado para soportarlo. El labio inferior le tembló y lo mordió para que no se notara. Al darse la vuelta, vio que Owen la observaba con una expresión seria en su rostro.

—¿Estás bien?

Ella parpadeó rápidamente mientras los ojos le ardían.

—Sí, bastante bien —contestó secamente.

—Muy bien —respondió con brusquedad y se centró en algo que había fuera de la ventanilla del taxi.

Ella se arrepintió de su tono, pero ya era demasiado tarde para hacer algo al respecto. Les esperaba un largo viaje. Ahuecó el cuello de piel de su abrigo y se acomodó para contemplar el paisaje. Cerró los ojos, solo por un momento...

El taxi se detuvo y el movimiento la despertó. Milly no estaba apoyada en el lateral del vehículo, sino en el cálido cuerpo del hombre que estaba a su lado. Owen. Él le rodeaba los hombros con un brazo y ella tenía la cabeza metida bajo su barbilla. Él apoyaba la mejilla en la coronilla de su cabello, al parecer también se había quedado dormido. Milly se quedó quieta, con una respiración superficial, mientras analizaba la situación con lógica. No era algo fácil de hacer cuando su cuerpo estaba más que feliz de recordarle que estaba cómodo y caliente, y que también sentía un ligero cosquilleo. ¿Por qué él, de entre todos los hombres, tenía que afectarla así? Una vocecita maliciosa en su cabeza se rio.

Él es mi marido... ¿sería tan malo disfrutar de esto?

Sí. El hombre es un canalla. Un mujeriego que te ha arruinado y ha atrapado en el matrimonio.

—¿Señor? —preguntó el taxista.

—¿Qué? —Owen se despertó sobresaltado, luego la miró, la cara de Milly reflejaba su propia sensación de shock—. Mis disculpas —murmuró Owen. Retiró el brazo de los hombros de ella y se inclinó hacia adelante para hablar con el conductor sobre dónde dejar el coche hasta que lo necesitaran mañana. Luego Owen la ayudó a salir del taxi.

Milly se dio cuenta de que ya era tarde. La luz del sol era apenas una delgada franja de color rosa que se asomaba en el horizonte. Entonces, ella había dormitado durante un buen rato. Frente a ella había un pintoresco edificio de dos plantas. Una posada, con un letrero pintado en madera de un rosal blanco.

—Por aquí —dijo Owen, cogiéndola del brazo y metiéndolo bajo el suyo mientras la guiaba hacia la puerta. Entraron en el alegre interior de la posada. Varias mesas estaban llenas de lugareños que cenaban y bebían. Un hombre, en un rincón junto al fuego, entretenía a la multitud con un alegre violín. Owen se acercó a la barra donde un hombre mayor llenaba pintas de ale.

—Buenas noches, señor Hunter. Mi esposa y yo tenemos una habitación reservada al nombre de Hadley.

El hombre sonrió.

—Ahh, señor Hadley, la señora y yo justo nos preguntábamos cuándo llegaríais. Largo viaje ¿eh? —el señor Hunter dirigió su cálida sonrisa a Milly y ella se encontró devolviendo una sonrisa tímida.

—Sí, muy largo —coincidió ella.

—Bueno —el señor Hunter golpeó su toalla de bar sobre el mostrador—. No os preocupéis por eso. Os llevaré directamente a vuestras habitaciones y enviaré a un muchacho a recoger vuestro equipaje del taxi cuando esté aparcado en la parte de atrás. La señora se encargará de que os suban comida y bebida caliente —él se dirigió a una placa de madera detrás de la barra la cual tenía llaves colgadas en clavos. El posadero sacó una llave de latón con un número en una etiqueta plateada—. Seguidme —Hunter los condujo a unas escaleras con alfombras desgastadas. Ellos subieron detrás de él y caminaron por un estrecho pasillo en donde él se detuvo en la habitación del medio y abrió la puerta—. Esta de aquí es vuestra habitación. Yo me ocuparé de la comida y el equipaje. Si necesitáis algo, venid a buscarme —al dejarlos, puso las llaves en la mano de Owen.

—Gracias, señor Hunter —Owen extendió un brazo para indicar a Milly que entrara en la habitación primero.

Ella entró, pero se quedó helada al ver la cama individual.

—Owen... —se giró pero chocó contra su pecho y tuvo que retroceder a tropezones.

—¿Qué pasa? —la cogió por los hombros para estabilizarla.

—Solo hay una cama —señaló con un brusco movimiento de cabeza en estado de pánico.

Él asintió, sin parecer preocupado.

—Estamos casados, Milly. Si hubiera pedido dos habitaciones o incluso un par de camas habría suscitado dudas sobre nosotros.

—Pero estamos casados. ¿Por qué te preocuparían las preguntas?

—Yo no... —él se frotó la mandíbula con una mano y frunció el ceño—. No tengo que explicarte mis decisiones. Ahora, quítate el abrigo y encenderé un fuego para que te calientes. Te estás congelando —se giró para cerrar la puerta.

Milly se habría enfadado y habría dicho algo desagradable sobre el hecho de que no tuviera que explicar sus decisiones, pero tenía frío y estaba cansada. Se deslizó el abrigo por los hombros, se acercó al par de sillas frente al fuego y se dejó en el borde del asiento, inclinándose hacia la fría y oscura chimenea. Owen se quitó el gorro de la cabeza y se pasó una mano por su oscuro cabello mientras se arrodillaba junto a la chimenea. Milly no pudo evitar observar su hermosa figura mientras él buscaba una caja de cerillas y un juego de leña antes de empezar a preparar el fuego. Lo observaba fascinada. Una vez que las pequeñas llamas echaron chispas y brillaron sobre la suave leña, Owen añadió un poco más con la esperanza de extender el fuego hasta que calentara la habitación con un calor abundante.

—¿Cómo has sabido hacer eso? —le preguntó ella mientras él se ponía de pie y miraba el pequeño reloj de la repisa de la chimenea. Sin mirarla, él sacó del chaleco su reloj de bolsillo plateado y comprobó la hora con el otro reloj. Abrió el cristal y modificó el minutero antes de cerrarlo y volverse hacia ella.

—¿Saber hacer qué?

Milly señaló el fuego.

—Hacer fuego. Yo no sé hacerlo.

Owen se acercó a la cama y cogió una gruesa manta de lana del extremo de la misma. Luego sostuvo la lana frente al fuego durante unos minutos antes de acercarse a Milly y acomodar la manta alrededor de su cuerpo.

—¿Qué estás haciendo?

La envolvió firmemente con la manta y luego la recostó contra la silla para que la manta caliente la calentara desde el cuello hasta su trasero. La sensación de ardor en la piel la quemaba deliciosamente. Como él no respondió de inmediato, ella decidió darle un empujoncito.

—Owen —murmuró, deseando que él le hablara. El silencio entre ellos era inquietante.

Él se sentó junto al fuego, con los brazos apoyados en los respaldos de la silla mientras miraba las llamas.

—Aprendí a hacer fuego durante la guerra.

Sus palabras la sacaron de su acogedora alegría.

—¿La guerra?

Él asintió con la cabeza y finalmente le dirigió una mirada. Había dolor en sus ojos, y algo en ellos que le rompió el corazón.

—Tuve dos amigos mientras crecía, Leo, a quien has conocido, pero también Jack Watson.

—¿Jack? —en sus docenas de conversaciones previas a la boda habían hablado ligeramente de sus pasados y ella no había oído mencionar a Jack hasta ahora.

—Sí. Leo se quedó atrás bajo las órdenes de sus padres, pero Jack y yo... nos lanzamos a ser soldados. Qué tontos fuimos —cerró los ojos, frotándose el puente de la nariz—. Luchamos contra los bóeres. Estábamos siempre en movimiento, columnas de tropas constantemente desplegadas sobre Sudáfrica, pero cada vez que abandonábamos una zona, las tropas enemigas volvían. Afuera, en las llanuras africanas aprendes a abrigarte por la noche, cuando el aire se vuelve más frío que el hielo. Jack era el médico de nuestro regimiento pero yo, yo era más un soldado que Jack. Aprendí a sobrevivir en el exterior y me propuse cuidar de todos, especialmente de los que estaban más cerca de mí. No siempre lo conseguí.

Algo en su tono vacío provocó dolor en el pecho a Milly.

A Milly le ardían los pulmones y, al inhalar, se dio

cuenta de que había estado conteniendo la respiración. ¿Owen había sido un soldado? Ella estudió historia, sabía lo dura que había sido la guerra, las guerrillas, la destrucción de pueblos inocentes, los campos de concentración. ¿Qué podía decirle a un hombre que había visto tanta muerte y destrucción?

—Lo siento, no sabía que habías luchado en la guerra. Debió haber sido terrible. Mi padre también tenía amigos que perecieron en el campo de batalla —era un débil intento de tranquilizarlo, pero ¿qué otra cosa podía haber dicho?

Owen se encogió de hombros.

—Eso fue hace años —sin embargo, las sombras oscuras detrás de sus ojos decían mucho—. Jack sufre más por los recuerdos que yo, él siempre tuvo un corazón más grande que el mío.

Milly estudió detenidamente a su marido, preguntándose si eso era cierto. Había algo en la forma en que él hablaba de Jack que demostraba que se preocupaba por este otro hombre, que las amistades con Owen eran profundas. Eso la sorprendió. Esperaba que un hombre motivado por el dinero no tuviera lealtades o lazos fuertes con nadie más que consigo mismo.

Llamaron a la puerta. Owen se levantó y la abrió, dejando entrar a un joven. Llevaba dos maletas, una bajo cada brazo. Owen lo ayudó con una, dejándola sobre la cama. Detrás de él, una señora regordeta y de rostro dulce llevaba una bandeja con un par de platos cubiertos, un par de cuencos, también cubiertos, y una cesta con pan fresco.

—Aquí tenéis, queridos. Pensé que debíais de tener un poco de hambre después del viaje —la mujer, la señora Hunter, llevó la bandeja y la dejó sobre la mesita que había entre las dos sillas junto al fuego—. Si necesitáis algo, bajad y yo me ocuparé de ello —la señora Hunter le guiñó un ojo a Milly, con su brillante sonrisa siendo un consuelo en este extraño lugar.

—Gracias, señora Hunter —dijo ella justo antes de que la mujer y el joven salieran de la habitación. Owen cerró la puerta tras ellos y deslizó el pestillo en su sitio, asegurándolos en la habitación a solas—. ¿Por qué nos has encerrado? —preguntó, un poco sin aliento por la preocupación.

Él sonrió con complicidad.

—A veces los hombres ebrios se vuelven un poco aventureros. No quiero que ningún cabrón borracho se cuele en nuestra habitación mientras dormimos.

—Oh —exhaló aliviada. Eso tenía sentido. Ella no lo había pensado.

Él volvió a su silla y levantó las tapas de la comida. Había sopa y pastel de patata con carne y pan caliente, sencillo pero tentador. Aunque estaba acostumbrada a comidas elegantes y extravagantes, esta comida abundante y simple no la molestaba en absoluto. Olía de maravilla. Su estómago gruñó cuando ella se acercó a las bandejas y aspiró los deliciosos aromas.

Owen repartió la comida entre los dos y ella se acomodó el plato de sopa caliente en el regazo, disfrutando el calor de la porcelana contra sus manos frías.

—Milly —Owen dijo su nombre en voz baja, y ella levantó la mirada hacia él. La observaba con una mirada insaciable mientras una de sus manos jugueteaba con una cuchara. Sus dedos eran elegantes, largos, pero hermosos de un modo masculino. Nunca había estado a solas con un hombre, y aquí estaba, perdida en la fascinación de sus manos. Un rubor se encendió en sus mejillas.

—Sí —respondió ella, sorbió su sopa e intentó mantener la calma.

—En realidad no nos conocemos... —él se aclaró la garganta—. En absoluto.

Ella asintió. Antes de la boda, sus conversaciones siempre habían sido en presencia de un chaperón y acerca de temas ligeros. Era difícil conocer a alguien de esa manera, y si querían que el matrimonio funcionara, cosa que Milly esperaba que él deseara tanto como ella, conocerlo sería de gran ayuda.

—Me gustaría... —él hizo una pausa, arrastrando la palabra—. Conocerte más. Creo que deberíamos intentar conocernos un poco. ¿Qué te parece? Podríamos hacer un juego. Tú me preguntas lo que quieras, yo te daré una respuesta sincera, y luego me toca a mí. Podemos intentarlo mientras comemos —esperó a que ella respondiera y cogió dos cucharadas de sopa.

¿Un juego? ¿Conocerlo? Estaban atrapados en este matrimonio, y a ella no le gustaba la idea de sentirse sola. Tal vez, él podría hacer que esto fuera divertido.

—Creo que puedo jugar —ella le dedicó una pequeña sonrisa. ¿Por qué eso la hacía sentirse tan vulnerable? Ofrecerle a este hombre, su marido, una sonrisa...

—Excelente —él volvió a sonreír y algo en el bajo vientre de Milly se estremeció.

No debería gustarme su sonrisa. Pero me gusta. Que Dios me ayude, me gusta.

—¿Yo debería hacer la primera pregunta? —se ofreció voluntaria y sumergió parte de su pan en la espesa sopa, impregnándolo antes de mordisquear la rebanada.

Owen soltó una risita.

—Adelante.

Ella lo estudió durante unos momentos y luego formuló su pregunta.

—¿Qué amas de Wesden Heath? —ella había oído hablar del lugar, había visto que figuraba en la lista de sus principales propiedades, pero no había estado allí ni en los Cotswolds, donde sabía que se encontraba Wesden Heath.

Los ojos de Owen se suavizaron y su sonrisa fue tan tierna que la sorprendió.

—Wesden Heath está lleno de color. Eso es lo que más amo. Está lleno de flores silvestres, y todo es verde la mayor parte del año, salvo en pleno invierno. Ah, y están las ovejas león de Cotswold. Me encantaban nuestros rebaños, cuando las criábamos.

—¿Ovejas león? —preguntó, inclinándose hacia él con curiosidad.

—Esa es una pregunta nueva. Me toca a mí —él le movió un dedo, luego cogió su copa de vino y bebió un sorbo.

Milly nunca había oído hablar de la oveja león y estaba encantada con el desarrollo del juego hasta el momento; había una extraña expectación por esperar a saber más de él.

—¿Cuál es tu novela favorita?

La pregunta la sorprendió.

—¿Novela? Bueno, hace poco terminé *Peter Pan*, de J.M. Barrie. Es bastante nueva, tan solo se publicó la semana pasada. ¿Has oído acerca de ella?

Owen dejó a un lado su plato de sopa y continuó con su pastel de patata y carne.

—Barrie. Él es un dramaturgo, ¿verdad? Creo recordar la obra, pero no sabía que había escrito una novela. ¿Qué te gusta del libro de Barrie?

Esta vez fue el turno de Milly de hacerle un gesto con el dedo.

—Oh no, ahora me toca a mí. ¿Qué son las ovejas león? —olvidó su sentido del decoro mientras hablaban, y se levantó la falda para meter las piernas debajo de ella en posición acurrucada en la silla.

—Oh, pequeña criatura inteligente —bromeó con un brillo alegre—. Muy bien, las ovejas león —prosiguió a describirlas, y ella se dio cuenta de lo cruciales que eran. Un elemento básico de la zona de Cotswolds para la lana y los alimentos.

—Son bestias altas y extremadamente intimidantes —explicó Owen, pero Milly se echó a reír encantada.

—¿Ovejas intimidantes? ¿Cómo?

Owen le tendió una copa de vino.

—Créeme, cuando veas una, entenderás exactamente lo que quiero decir. Ahora, ¿por qué te gusta *Peter Pan*?

Ella sorbió el vino, disfrutando de cómo la calentaba por dentro.

—De hecho, es una historia trágica, sobre una niña que se enamora de un niño que nunca crecerá.

Owen apoyó un brazo en su silla.

—Creía que el libro trataba del niño.

Milly negó con la cabeza.

—Se podría pensar así, pero en realidad trata de la niña, Wendy Darling. De cómo encuentra el amor y debe abandonar su infancia y sus sueños, los cuales son representados por Peter. Ella tiene que crecer. El dilema de todas las mujeres —desvió la mirada, sintiéndose repentinamente tonta por intentar explicar algo que ella había comprendido a un nivel profundamente personal. Había tenido que abandonar sus propios sueños de amor y libertad cuando había regresado a casa después de estudiar en Francia, y era consciente de que vivir con un marido como iguales probablemente nunca sería posible. Los maridos de Inglaterra no aceptaban ni respetaban a las mujeres como iguales, no al nivel que ella había visto en Francia. Tener que enfrentarse a que cualquier hombre con el que se casara la vería como "menos", aunque él afirmara amarla, le había roto el corazón.

—Supongo que los hombres hacemos que parezca que nunca crecemos —dijo Owen, con la voz un poco ronca mientras volvía a mirar el fuego—. Pero algunos de nosotros lo hacemos, a un gran costo.

—Te refieres a la guerra, ¿verdad?

Él asintió, y su mirada se encontró con la de ella.

—Cuando has probado la sangre y has quitado vidas, eso deja cicatrices que nunca se curan. No he pasado una sola noche sin pesadillas desde que volví a casa, y ya han pasado años.

Había tanto dolor en sus ojos que Milly se inclinó sobre la pequeña mesa para apoyar su mano sobre la de él antes de darse cuenta de sus propios actos. Él miró fijamente esa conexión durante un largo momento y, antes de que ella pudiera apartarse, él giró su mano, de modo que su palma tocó la de ella y enroscó sus dedos alrededor de los suyos, estrujando suavemente. El contacto, tan afectuoso, tierno y genuinamente inesperado en un hombre como él, provocó en ella una oleada de conmoción.

—¿Has comido suficiente? —hizo una seña con la cabeza hacia su plato casi vacío.

—Sí —respondió ella. Al oír esto, retiró su mano de la de él y volvió a dejar los platos en la bandeja.

—Déjame preparar unos calentadores de pies mientras tú te cambias.

—¿Cambiarme? —por un segundo ella no comprendió sus palabras—. Oh, quieres decir... —se ruborizó cuando él le sonrió con esa sonrisa deslumbrante, la que costó la reputación a demasiadas damas.

—No quisiera que te sintieras incómoda esta noche.

Milly respiró hondo.

—¿Tú vas a... vamos a...?

¿Cómo iba a preguntarle si él le haría el amor?

Owen se levantó y se acercó a ella, apoyó una palma en el respaldo de la silla junto a su cabeza y se inclinó para cogerle la barbilla con su mano libre. Le rozó los labios con la punta del pulgar, acariciándolos, mientras su mirada hipnótica se concentraba en la boca de ella.

—Pienses lo que pienses de mí, Milly, quiero que sepas esto: No soy un villano. Yo nunca te forzaría. Un día, espero que nos agrademos lo suficiente como para intentarlo, pero sé que aún tienes reservas.

¿Reservas? A ella no le parecía la palabra adecuada, en lo absoluto. Le aterrorizaba la idea de que la inmovilizara en la cama para que él pudiera darse placer. Su madre le había susurrado en tono de conspiración que a veces, si un hombre era hábil, podía dar placer a una mujer, pero la mayoría de los hombres no lo hacían. A menudo resultaba incómodo y en ocasiones doloroso. No sonaba en absoluto como algo que a ella le gustaría hacer, incluso si el mero tacto y la mirada pecaminosa de Owen hacían cosas extrañas a su corazón y a su cuerpo.

—Yo... no estoy preparada —Milly odiaba su propia cobardía, pero la idea de esa intimidad la asustaba. Fue imposible pasar por alto la decepción que ensombreció los ojos de Owen mientras tragaba con fuerza. Luego asintió.

—Entonces estás a salvo esta noche. Debemos compartir la cama, pero no te tocaré. —él se dio la vuelta y algo dentro de ella se sintió como si se hubiera marchitado y muerto.

¿Por qué no puedo ser valiente? Ella era muy fuerte en todo lo demás... pero cuando se trataba de un hombre, un hombre al que odiaba admitir que deseaba, se sentía perdida, insegura.

—¿Por qué no te cambias? —él le dio la espalda y apoyó una mano en la repisa de la chimenea mientras atizaba los leños con un hurgón negro. Tenía una figura muy fina, con piernas largas y rectas y caderas estrechas que contrastaban con sus anchos hombros. Era como un poderoso dios antiguo atrapado en carne mortal. Hermoso, como podían serlo algunos hombres.

Milly se obligó a levantarse de la silla y dirigirse hacia su maleta de viaje. Abrió los cierres y rebuscó en el contenido hasta encontrar su camisón. Era una hermosa creación de encaje con inserciones de cintas, pero lo bastante grueso como para mantenerla abrigada. Miró a Owen por encima del hombro. Él seguía concentrado en el fuego. No había dónde esconderse, ni vestuarios ni batas. Milly bajó la mirada hacia su ropa y, con una maldición silenciosa, se sacó la blusa de la falda y se la levantó por encima de la cabeza. Después, se desabrochó la falda de tweed y la dejó caer. Aún llevaba el corsé y la camisola, pero necesitaba ayuda para quitárselos.

—Owen, ¿podrías... ayudarme? —ella aferró el grueso camisón a sus pechos, ocultándolos todo lo que pudo mientras esperaba. Cuando él se volvió, su mirada se ensombreció mientras contemplaba su aspecto—. Mi corsé... —ofreciéndole la espalda, Milly contuvo la respiración, escuchando el sonido de sus botas contra el suelo detrás de ella.

Sus dedos tocaron los cordones, tiraron de ellos, y luego los deslizó mientras los aflojaba y estiraba. El susurro de los cordones contra su piel y el crepitar del fuego eran los únicos sonidos en la habitación, salvo las respiraciones débiles y jadeantes que escapaban de los labios de Milly.

—Ya está, todo listo —susurró él, pero no se apartó. Una mano se posó en su hombro desnudo y jugueteó con el tirante de su camisola con suaves y pequeñas caricias. Ese único punto de contacto hizo que ondas de fuego recorrieran la piel de Milly hasta los dedos de los pies, y el lugar secreto entre sus piernas experimentó una extraña y aguda punzada—. ¿Me darías un beso de buenas noches? —la voz de él era áspera y grave. Su sonido rozaba deliciosamente contra la piel de ella.

¿Un beso? Un beso no haría daño.

Antes de que pudiera reconsiderar su decisión, ella se volvió hacia él, con el camisón todavía pegado a sus pechos como un escudo. La línea angulosa de su fuerte mandíbula era perfilaba por las sombras de la luz del fuego. Sus labios estaban ligeramente entreabiertos y sus oscuras pestañas se abrían en abanico hasta alcanzar un punto medio. Ella se lamió los labios, recordando el sabor de Owen la última vez que se habían besado. Lo exquisita que era la sensación de estar entre sus brazos, entregada a oleadas de pasión. ¿Se volvería a sentir así?

—Dios, cómo me tientas —gruñó él. Fue su única advertencia antes de que la arrastrara a sus brazos y deslizara su boca sobre la de ella.

Milly dejó caer el camisón, sorprendida, y luego cogió los hombros de Owen con sus manos mientras él la persuadía para que separara los labios. Su lengua se introdujo audazmente entre sus labios y ella gimió cuando bailó juguetonamente contra la suya. La forma en que él movía los labios, la forma en que compartían la respiración en ese pequeño espacio que los separaba, parecían unirlos en un sueño. Era un sueño difuso y cálido que hizo que el deseo y el hambre de cosas oscuras y perversas se agitará ardientemente en el vientre de Milly. Se puso de puntillas, intentando acercarse a él, de saborearlo más, de devorarlo de cualquier manera que pudiera.

Las grandes y fuertes manos de Owen exploraron sus hombros, recorrieron sus omóplatos y luego se enredaron en los cordones sueltos de su corsé. Estaba a punto de arrancárselo, pero se detuvo de repente, su boca se separó de la de ella y se obligó a retroceder un paso. Esa acción se sintió como una bofetada. Milly se mordió los labios inflamados por el beso, odiando que quisiera que siguiera besándola y despreciando que echara de menos su contacto después de solo unos segundos. No estaba bien desear así a su marido, desear las cosas que su cuerpo parecía anhelar después de un par de besos. Ahora ella comprendía por qué los hombres como Owen eran fatales para la reputación de una mujer. Ella haría casi cualquier cosa por permanecer en sus brazos.

—Deberías terminar de desvestirte —volvió a aclararse la garganta y, sin mirarla, se acercó a su maleta y empezó a rebuscar en su contenido.

Milly observó unos instantes cómo él se despojaba de su abrigo y empezaba a desabrocharse la camisa. La visión de su pecho desnudo a través de la camisa parcialmente abierta la distrajo tanto que continuó mirándolo hasta que Owen soltó una risita.

—Si quieres verme desnudo, solo tienes que pedirlo —sonrió él perversamente—. Es tu derecho como mi esposa.

Milly parpadeó y volvió en sí. La capacidad que él

tenía de arder y luego enfriarse era muy desconcertante. En un momento, él le pedía que lo besara y al siguiente se apartaba.

Ella se apresuró a darle la espalda y terminó de quitarse el corsé. La camisola de gasa fue lo siguiente. Intentó no pensar en el hecho de que Owen vería su trasero completamente desnudo mientras levantaba la camisa y la quitaba de su cuerpo.

—¿Lista para la cama, esposa? —la voz de Owen era grave, seductora y pura tentación.

Que Dios me ayude, ¿cómo sobreviviré a esta noche?

Capítulo Seis

Owen no podía quitarse de la cabeza la imagen del trasero desnudo de Milly. Ella era, en una palabra, impresionante. El volumen de sus caderas, su figura de reloj de arena, la curva de su trasero. Se le puso dura al verla antes de que la bata cayera y la cubriera. El límite de su control se estaba debilitando. Ese beso había sido explosivo, y sus manos aún temblaban por la necesidad de tocarla, de explorar cada centímetro de ella. Iba a ser un milagro que él sobreviviera durmiendo en la cama junto a ella. La idea de que Milly, de entre todas las damas de Inglaterra, lo tentaría, debería haber sido motivo de risa y, sin embargo, no podía negar que estaba fascinado por ella.

Desde el momento en que él la había alejado de su hogar, ella había parecido una mujer diferente, muy sola, asustada, pero que mantenía la cabeza en alto con valentía. Él había visto el brillo de las lágrimas en sus ojos al alejarse de Pepperwirth Vale y su corazón se había compadecido de ella. Eso despertó demasiados recuerdos de lo que había sentido cuando él y Jack habían partido de Inglaterra. Cuando él había dejado Wesden Heath y se había sentado bajo el sol africano a luchar en una guerra que ennegreció su corazón, casi lo había destruido. Después de su regreso a casa y encontrar a sus padres muertos y su hogar en ruinas, había sido incapaz de recuperar una parte de sí mismo que parecía haber muerto también. Las deudas de su padre habían paralizado la finca y él apenas había podido mantenerla a flote estos últimos años. Él había escuchado decir una vez que cuando una mujer se casaba, era como si ella partiera a la guerra. Con él, sin duda era la guerra, ya que a ella no le gustaba él en absoluto... excepto cuando se besaban. Cuando se besaban, a ella parecía gustarle bastante. Él se mordió el labio para ocultar una sonrisa.

—Owen —la voz suave y ronca de Milly lo sacó de sus pensamientos.

Ahora ella estaba de pie junto al fuego, levantando los calientapiés y llevándolos con cuidado a la cama. Le indicó con la cabeza que retirara las mantas y él se apresuró a hacerlo. Ella colocó los calentadores a los pies de la cama y se metió bajo las mantas. Sus ojos, tan llenos de color y rebosantes de agradecimiento, le desgarraron el corazón. Ella era valiente por estar aquí con él, por aceptar ir sola con él. El matrimonio no significaba confianza o intimidad. No, esas cosas tenían que llegar más despacio, más suavemente, con el tiempo que pasaban juntos. Su naturaleza gruñona no era quien realmente era. Él la estaba descubriendo poco a poco y quería ver a la verdadera Milly que se escondía debajo de sus bravatas y su actitud distante.

Milly aún llevaba el cabello recogido y él sabía que ella lo había olvidado. No pudo evitar admirar la forma en que eso mostraba la elegante inclinación de su cuello y cómo algunos rizos sueltos caían hasta rozarle la garganta. A pesar de lo bonito que era el peinado, él sabía que las horquillas serían incómodas para dormir.

Se quitó la camisa y los pantalones mientras ella giraba discretamente la cabeza. Después de ponerse los pantalones de dormir, se acercó a la cama.

—Milly, tu cabello aún está...

Ella levantó la mano para tocarlo, haciendo una mueca de dolor al instante.

—Ah, sí, lo he olvidado —empezó a tantear a ciegas en busca de las horquillas.

—Permíteme —él se subió a la cama y le cogió el cabello. Ella lo miró fijamente y, tras un largo momento, se desplazó hacia adelante en la cama y le dio la espalda. Él se arrodilló detrás de ella, con sus rodillas deslizándose alrededor de sus caderas mientras se acercaba lo suficiente para ver su cabello. Los intensos rizos castaños estaban enroscados en su cabeza, y él empezó a quitarle las horquillas. Cada vez que le quitaba una, un rizo de cabello le caía por la espalda. Los sedosos mechones le hacían cosquillas en la piel mientras él los recorría con los dedos en busca de más horquillas.

A Milly se le escapó un suspiro mientras él le masajeaba el cuero cabelludo con pequeñas caricias.

—Eso se siente bien —admitió ella en un susurro.

—¿Quieres que pare?

Hubo una pausa y luego:

—No, al menos todavía no —ella se movió, sentándose en una posición más cómoda, y una de sus manos rozó el muslo de Owen. Él se tensó cuando su cuerpo respondió, con hambre de ella enroscándose en su interior. Dios, quería a Milly de espaldas bajo él para poder...

Owen se dio una pequeña sacudida y se sacó de la cabeza todos los pensamientos perversos acerca de acostarse con su mujer. No era fácil. No cuando la mano de ella aún lo tocaba, tan cerca de donde él quería que ella lo tocara de verdad, con sus manos, su boca... Con un gruñido silencioso hacia sí mismo, reanudó el ligero masaje de su cabeza, frotándole las sienes, luego el cuello y los hombros antes de retirar finalmente sus manos.

—¿Te sientes mejor?

—Mucho mejor —ella lo miró por encima del hombro, y el movimiento hizo que su cabello cayera por su espalda.

—Bien. Apagaré las lámparas y revisaré el fuego una vez más antes de acostarme.

Ella se acurrucó bajo las mantas, con los ojos acechándolo mientras él se movía por la habitación. Owen giró los pequeños pomos de las lámparas, apagándolas, y añadió unos cuantos leños más al fuego antes de meterse en la cama. No había mucho espacio entre él y Milly, pero le gustaba estar cerca de ella cuando no era tan irritable. Él subió las mantas alrededor de ellos y se acomodó en su almohada. Ella giró la cabeza lo suficiente para que la luz de la luna iluminara la curva de su mejilla y la forma de sus labios. Él había pensado que Rowena le habría convenido como esposa. Pero después de estar cerca de Milly, besarla, escucharla hablar de literatura, se había dado cuenta de que una mujer más cercana a él en edad, y no recién salida a la sociedad, era una mejor pareja. Ella había vivido más, comprendía más de lo que lo haría una joven como la hermana pequeña de Milly. En cierto modo, ella era más adecuada para él de lo que nunca habría imaginado.

Había tantas cosas que Owen quería decir, que quería decirle a ella, pero el miedo lo mantenía callado. ¿Lo despreciaría por admitir que se alegraba de haberla comprometido a ella y no a Rowena? Probablemente lo odiaría por eso. No podía hacerle saber lo mucho que ella lo afectaba. Incapaz de resistirse a un pequeño roce, él le acarició el brazo con las puntas de los dedos. Ella estaba tensa, casi rígida, y él no quería que lo estuviera. Quería que se sintiera tranquila.

—Descansa un poco. Mañana tendremos tiempo de llegar a Wesden Heath.

Ella exhaló suavemente y hundió más la cabeza en la almohada, privándolo de la tentadora visión de su mejilla, del aleteo de sus largas pestañas.

—Buenas noches... esposo —él siguió acariciándola y ella no se apartó.

—Buenas noches, esposa —Owen siguió sonriendo en la oscuridad mientras cerraba los ojos.

* * *

He dormido con mi esposo.

Fue lo primero que pensó Milly al despertarse y encontrarse encerrada en el cálido abrazo de Owen. En algún momento de la noche, ella se había dado la vuelta para quedar frente a él, quien la había rodeado con sus brazos. Su pecho estaba desnudo y la mejilla de Milly estaba pegada a su piel caliente. Tenía las manos metidas entre sus cuerpos y podía tocarle ligeramente el pecho. Le dio una ligera caricia y miró hacia arriba, esperando que él no se despertara.

En ese momento, su gran cuerpo la envolvía en una cálida cama rodeada por la tenue luz del sol matutino. Ella estaba segura y contenta. El sueño que había temido anhelar, parecía estar a su alcance. Sabía, lógicamente, que este hombre no la trataría con igualdad ni la amaría, no de la forma que secretamente había esperado que lo hiciera su futuro marido. Los cazafortunas solo veían a las mujeres por el valor del dinero que aportaban a un hombre. Ella conocía lo suficiente a ese tipo de hombres gracias a sus pasadas temporadas en Londres como para estar segura de que les importaban poco los derechos de las mujeres y, desde luego, nunca se enamoraban de ellas. Pero por un momento, iba a fingir que era posible que Owen se preocupara por ella, que la amara y la valorara como persona.

—¿Has dormido bien? —su pregunta la sacó de sus pensamientos y se apartó de él de golpe. Estaba despierto, había estado despierto quién sabe cuánto tiempo. La vergüenza de haber sido sorprendida acariciándole el pecho, abrazada a él, la llenó como un puñado de pesadas piedras.

—Milly, no hagas eso —su pequeño suspiro de exasperación la enfureció y frustró.

—¿Hacer qué? No estoy haciendo nada —ella retrocedió un poco, pero las mantas estaban enredadas alrededor de sus piernas y las de él. Estaban atrapados juntos, lo que momentos antes había sido encantador, pero ahora ella veía el problema latente. No podría liberarse si él no la ayudaba.

Owen apoyó su cabeza en su mano contra la almohada y la miró fijamente, presionando los labios como si luchara por no reírse.

—Actúas como si tocarme fuera algo para avergonzarse —dijo él en un tono más serio y jugueteó con un mechón de cabello de Milly que estaba junto a su mejilla.

Mientras lo hacía, él movió la pierna, lo suficiente para que se introdujera entre las de ella. Su rodilla chocó con la de ella, separando aún más sus piernas. Su camisón se le había subido a los muslos. Ella siempre se había levantado el camisón cuando dormía y anoche no fue diferente, excepto que un hombre compartía su cama y tenía acceso más fácil a ella...

—No lo es, ¿sabes? —continuó—. Malo para ti tocarme —Owen dejó de jugar con su rizo y cubrió una de sus manos con la suya. Le acarició el dorso de la mano con la punta de un dedo, recorriendo sus finas venas antes de levantar su mirada hacia ella. Cuando lo hizo, Milly se olvidó de respirar. Había demasiadas cosas en sus ojos que la aterraban. Si se enamoraba de este atractivo hombre moreno y de ojos risueños, la destruiría porque él no la amaba y probablemente nunca la amaría como ella había soñado en secreto. No quería ser la sirvienta de los caprichos de un hombre y ser de su propiedad, quería un hombre que la amara por su mente y su corazón y que la viera como algo *más*... Le aterrorizaba que Owen nunca fuera ese hombre para ella, dudaba que algún hombre pudiera serlo.

Calor, pasión, lujuria, una atisbo de algo ardiente y un destello de oscuridad también, uno que dejaba su corazón latiendo salvajemente y su cuerpo temblando. Él le hacía sentir gran parte de ese fuego con solo una mirada. No estaba preparada para experimentar lo que él le estaba ofreciendo porque, si caía en la tentación y se dejaba llevar por él, ella estaría mucho más cerca de enamorarse.

Owen le giró la mano, descubriéndole la palma, y luego siguió tocándola, creando pequeños espirales en su piel. Un momento después, se llevó su mano a los labios y la besó. Le quemó la piel y sintió un cosquilleo de deseo, seguido de una aguda punzada de excitación entre los muslos. Milly cerró las rodillas instintivamente, pero lo único que consiguió fue aprisionar la pierna de él entre las suyas, manteniéndolos unidos.

—Puedes tocarme cuando quieras. Donde quieras, cuando quieras. Soy tu marido. No es algo que debas temer o de lo que debas avergonzarte —había tanta sinceridad en sus palabras que su decisión de alejarse de él empezó a vacilar y a desmoronarse. Con una delicada lentitud, ella curvó su mano para que sus dedos se entrelazaran con los de él.

Separó los labios y las palabras estaban allí, en la punta de la lengua, pero ella no pudo pronunciarlas.

Por favor, no me hagas daño, no hagas que me arrepienta de haber confiado en ti. Milly le suplicó en silencio que no destruyera su espíritu, sería muy fácil hacerlo porque estaba empezando a enamorarse de él. Y no era solo porque él la hiciera sentir cosas a nivel físico.

Eran las pequeñas cosas, como calentarle una manta junto al fuego y hacerle preguntas sobre libros durante la cena. Por mucho que ella quisiera tacharlo de canalla y cazafortunas, no podía negar que sus acciones hablaban en contra de la mala opinión que tenía de él.

Por ello, nunca quiso acercarse a un hombre. Amar era exponerse a la angustia y a la miseria, porque ningún hombre le daría la libertad e igualdad que ella ansiaba sin dejar de ser una esposa buena y responsable. Y Owen era justo el tipo de hombre que atraparía su corazón. Debajo de esas sonrisas malvadas y esos besos juguetones, había un alma torturada y solitaria, dañada por la guerra y la pérdida. Milly no era tonta. Podía ver los pedazos de sí mismo que él había luchado por reconstruir. Casi la había convencido de que era un hombre sin corazón que iba de conquista en conquista sin pensar en la mujer con la que se había acostado. Pero eso era una actuación. Owen Hadley, al menos el hombre que ella había conocido en un principio, era un impostor. El verdadero Owen yacía a su lado en la cama, y ella seguía descifrándolo. ¿Quién era el verdadero Owen? ¿Qué demonios lo perseguían en la oscuridad de la noche y qué secretos intentaba ocultar?

Había algo más en él y en sus motivaciones, pero Milly no podía descifrarlo. ¿Qué ventaja tenía al seducirla? Ella y su fortuna ya le pertenecían en todos los aspectos legales importantes. Sus caricias, sus besos y sus miradas que le calentaban la sangre tenían poco sentido. ¿Él estaba decidido a robarle también el corazón?

Milly perdió la cuenta de los minutos que pasaron juntos en la cama, mirándose fijamente, con las manos y las piernas entrelazadas. Owen no habló hasta mucho despúes.

—Deberíamos salir de la cama. Haré que te traigan el desayuno mientras atiendes tus necesidades —él fue el primero en romper aquella conexión que se iba construyendo poco a poco y ella lamentó la pérdida de su contacto. Él se levantó de la cama y cogió su bata.

Milly esperó a que él se cambiara y saliera de la habitación para salir de debajo de las mantas y lavarse la cara en el cuenco de agua fría del tocador. La salpicadura helada sobre su piel caliente le sentó bien y despertó su conciencia. Eso borró el intenso calor en su interior ante la idea de volver a meterse en la cama y tentar a Owen para que se uniera a ella. ¡Qué idea tan terrible! Milly se reprendió a sí misma sacudiendo la cabeza.

No se molestó en bañarse, podría hacerlo cuando llegaran a Wesden Heath esa tarde. Se pasó el cepillo por el cabello, lo peinó para eliminar los nudos y lo recogió ligeramente a la altura de la base de la nuca, asegurándolo con horquillas. Algunos mechones sueltos se le escapaban cerca de las sienes, pero no podía hacer nada con ellos. Después de registrar su equipaje, encontró un nuevo abrigo azul marino con ribetes negros trenzados y una blusa limpia. Se quitó el camisón y se puso medias y ropa interior limpias antes de girarse para mirar el corsé que yacía sobre las sábanas arrugadas.

Milly nunca se había atrevido a prescindir de él, pero no quería pedirle a Owen que la ayudara a ponérselo. Con un pequeño gruñido de frustración, lo metió en su maletín de viaje y terminó de vestirse. Después estudió su aspecto en el pequeño espejo que había sobre la cómoda. No parecía demasiado obvio que sus pechos estuvieran sin sujetar. La falda le apretaba un poco en la cintura, pero podía respirar con mucha más facilidad sin la varilla aplastándole las costillas.

—Bueno, tampoco es que él se vaya a dar cuenta —murmuró ella justo cuando la puerta se abrió. Owen entró y la miró con atrevimiento.

—¿No me daré cuenta de qué?

Milly sacudió la cabeza, tragó saliva y miró hacia otro lado, pero podía sentir el calor deslizándose por sus mejillas.

—Nada —murmuró ella y cerró apresuradamente su maleta de viaje. Constance la reprendería por semejante desastre de ropa aplastada en su interior, pero Milly tendría que soportarlo.

—¿Lista? El desayuno está abajo —Owen le tendió la mano y Milly la aceptó, a pesar de que todos sus instintos le advertían que se mantuviera alejada del hombre que podía romperle el corazón si se le presentaba la oportunidad.

Mientras bajaban las escaleras, dirigiéndose a la sala común, la señora Hunter les hizo señas para que se acercaran a una mesa.

—Aquí, queridos, sentaos —ella señaló una mesita acogedora, lo bastante grande para dos. La sala común estaba vacía de los bulliciosos cacareos de la noche anterior, y ahora estaba llena de inquilinos que disfrutaban tranquilamente de su desayuno matutino.

—Gracias, señora Hunter —dijo Milly mientras Owen la ayudaba a sentarse antes de ocupar su propia silla frente a ella.

—Estamos muy contentos de teneros aquí. El señor Hunter dice que los recién casados traen buena suerte —les guiñó un ojo y se fue para dejarlos comer.

—Asegúrate de comer lo suficiente. La cocinera no habrá hecho mucho para cenar y no quiero que pases hambre esta noche.

La declaración de Owen congeló a Milly en su sitio, con su mano por encima de una bandeja de un yaniqueque con patatas.

—Quieres decir... —ella hizo una pausa, alcanzó la cafetera y se sirvió antes de continuar—. ¿Tenemos que llenar la despensa de la casa?

¿Qué clase de cocinera con amor propio dejaría que las provisiones disminuyeran tanto como para no poder alimentar ni siquiera a dos personas en una cena? Tal vez las deudas de Owen en la finca eran realmente tan altas que no podía mantener la casa funcionando correctamente. ¿Tan mal estaba la casa que las despensas estaban vacías? La idea la hizo estremecerse.

Owen no se encontró con su mirada mientras llenaba un plato con huevos, tocino y un poco de finnan haddie al vapor, un delicioso pescado que Milly siempre había disfrutado en casa. La presencia del platillo aquí, en una pequeña posada, fue una sorpresa.

—El haddie ha sido hecho especialmente para nosotros, ¿quieres un bocado? —Owen se rio al notar que ella miraba el plato con anhelo.

—Sí, por favor —le ofreció su plato—. Ahora, acerca de la cocina...

—Nos ocuparemos de eso una vez que te hayas instalado en tu habitación en Wesden Heath —el tono de Owen no era brusco, pero Milly tuvo la clara impresión de haber sido reprendida de alguna manera y supo, por la fría mirada que le dirigió, que él no discutiría más el asunto esta mañana.

Quería lanzarse contra él y decirle lo desgraciado que era por negarse a responder a sus preguntas, pero no conseguiría nada siendo maleducada. Si él quería jugar a ese juego en particular, Milly también lo haría, solo que ella ganaría.

Después de desayunar, el taxi alquilado regresó, subieron el equipaje y Owen y ella volvieron a viajar juntos en silencio hacia la casa de él. Para pasar el rato, Milly leyó un libro y, afortunadamente, se perdió en la historia hasta que algo golpeó repetidamente el lomo del libro. Levantó la cabeza y vio que la mano de Owen estaba a unos centímetros, con sus dedos golpeando ligeramente la cubierta del libro. Ella lo fulminó con la mirada.

—Me gusta cuando arrugas la nariz. Es bastante adorable, ¿sabes? —él se recostó y cruzó los brazos sobre su pecho.

—Yo no arrugo la nariz. Santo cielo, una dama nunca...

—Ahórrame eso que las damas nunca harían. No tengo ningún interés en morir de tedio. Ahora, ¿qué es eso que estás leyendo? Has estado tan absorta en él que ya casi estamos en casa. Unos doce kilómetros, eso es todo.

Milly parpadeó y miró el sol de la tarde que besaba las copas de los árboles en el cielo occidental.

—¿Ha pasado tanto tiempo? —empezó a cerrar el libro, pero Owen hábilmente se lo quitó de las manos y leyó el título.

—*Ella*, de H. Rider Haggard —él lo hojeó, echando un vistazo a algunas páginas—. ¿De qué trata?

Milly lo habría ignorado, pero ella amaba hablar de literatura. Los pocos pretendientes que habían intentado hablar con ella en el pasado siempre habían hablado de moda y otras tonterías, como si no creyeran que ella pudiera conversar de otra cosa. Los libros eran el camino a su corazón, no la ropa.

—Dos ingleses se aventuran en África y tropiezan

con un reino perdido. La reina, Ayesha, o La Que Debe Ser Obedecida, se encapricha del más joven de los dos caballeros.

Owen soltó una risita.

—¿La que debe ser obedecida? Ahora entiendo tu fascinación. Las mujeres que tienen necesidad de controlar y dominar a los hombres deben permanecer unidas, ¿eh?

Milly supuso que el comentario pretendía ser una broma, pero lo sintió cruel, como el pinchazo de un cardo contra su piel. ¿Él creía que ella quería controlarlo y dominarlo? No era así, ella solo quería controlar su propia vida y no ser la marioneta de un hombre. Lágrimas de rabia y algo más que no quería admitir le escocían los ojos y miró por la ventanilla, apartando la mirada de él. Quería arremeter verbalmente contra él, pero no quería hacerlo delante del conductor.

—No es asunto mío si no consigues ver los aspectos más amplios de la literatura —replicó con frialdad. Luego, controlando su expresión, se volvió hacia él y le tendió una mano enguantada—. Por favor, devuélveme mi libro.

Se lo tendió, pero en cuanto ella lo cogió, él actuó con rapidez. Le rodeó la cintura con un brazo y la inmovilizó contra el asiento.

—No pretendía hacerte daño, Milly. Nunca pienses que mis bromas tienen ese fin. Puedo ser un maldito tonto cuando no pienso con claridad —estaba lo bastante cerca de ella como para que su cálido aliento abanicara sus mejillas y a Milly le costara concentrarse en otra cosa que no fuera lo suaves que parecían sus labios mientras hablaba. Owen se estaba disculpando a su manera, Milly vio el arrepentimiento en sus ojos, apenas atenuando una pasión ardiente que ella empezaba a reconocer.

Su respiración se aceleró cuando él alargó la mano para rozarle la mejilla con el dorso de los dedos. La ternura de la acción la hizo estremecerse entre sus brazos. Un cazafortunas de corazón cruel no la tocaría así, no mostraría un lado tan suave. Darse cuenta de ello la hizo estremecerse aún más, mientras su corazón se contraía y su cuerpo se calentaba. Sus ojos eran cálidos mientras la miraba, y también había deseo mezclado con algo más que ella temía esperar. Tenía que hablar, tenía que romper el hechizo que él estaba ejerciendo lentamente sobre ella.

—Eres un tonto muy a menudo —respondió, pero su tono era ronco. Cuando la mirada de Owen se desvió hacia sus labios, Milly supo que quería besarla y supo que ella también quería ese beso.

—Eso es lo que soy —Owen le dio tiempo para que ella luchara contra él, para que se resistiera al inevitable beso, pero no lo hizo.

Arqueó la espalda para acercarse más a él y enroscó los dedos en las solapas de su abrigo, atrayéndolo hacia ella. Esta vez el beso se sintió diferente... Milly lo deseaba tanto como Owen, y estaba furiosa con él por ser tan desconsiderado, por decir cosas sin pensar y luego disculparse. Ella le mordió los labios y un gruñido ronco escapó de la boca de él. El sonido salvaje la sobresaltó y no pudo escapar de él, aunque quisiera.

La forma en que Owen besaba era pecaminosa, escandalosa, como si estuviera decidido a explorar cada centímetro de su boca, a conocer su sabor. Milly quería saber lo mismo de Owen, y le encantaba cuando él abría su boca, dejando que su lengua y la de ella se acariciaran, pero entonces todo cambió... Él le metió la lengua repetidamente en la boca, de una forma que hizo todo su cuerpo se derritiera. Una oleada de calor la invadió, llenando su mente de una extraña niebla. Sus pechos se sentían pesados y le dolían. Necesitaba... Una mano grande cubrió su pecho izquierdo, estrujándolo.

—¿Dónde está tu corsé? —su risita le acarició la oreja mientras le mordisqueaba ese lugar tan especial detrás de su oreja.

—No podía ponérmelo sin ayuda —nunca sabría cómo pudo pronunciar esas palabras mientras él le acariciaba el pezón erecto a través de las finas capas de la blusa y la camisola.

—Pequeña descarada, me gusta eso de ti —él se estaba burlando, pero esta vez Milly se negó a que eso la molestara. ¿Quizás para él ser una descarada era algo bueno? Le resultaba maravilloso dejarse llevar y abrazar esa naturaleza salvaje que parecía recorrerla de manera caprichosa. Milly tuvo que hacer todo lo posible para no arrastrarse hasta su regazo y presionar cada centímetro de sí misma contra él. Nunca había sabido que ella podía ser así, había deseado y soñado que lo sería con el hombre adecuado, pero había perdido la esperanza después de su primera temporada en Londres. Owen la hacía olvidar cómo ella se había cerrado al mundo, él la hacía sentir como una flor saboreando el beso del sol por primera vez en siglos—. Dios, me encanta tu sabor —gimió él contra sus labios.

Milly le cogió el pelo, amaba que fuera lo bastante largo como para enroscar sus dedos y sujetarlo.

—¿Siempre hablas tanto? —ella le mordisqueó el labio inferior, explorando su sensual forma con la lengua.

—No si quieres que mi boca haga otras cosas —el ronroneo sensual y todo lo que sus palabras podían significar la hicieron estremecerse. Owen levantó las piernas de Milly hacia su regazo, deslizó la mano libre por debajo de la falda y se detuvo en la parte superior de sus muslos para jugar con las cintas de seda de sus medias. Sus caricias tentadoras le provocaron un gemido hambriento y ella lo besó. Con fuerza. Una humedad se acumuló entre sus muslos y se removió inquieta, tratando de incitarlo a mover sus manos un poco más arriba.

Un fuerte estallido y una brusca sacudida hicieron que Milly y Owen saltaran por los aires. Owen extendió una mano, golpeándola con fuerza contra el respaldo del asiento delantero, y la otra se enganchó alrededor de la cintura de Milly, evitando que ambos se hicieran daño al chocar con el asiento frente a ellos.

—¿Qué demonios? —gruñó él—. Conductor, ¿qué ha pasado?

Milly se aferró a Owen mientras intentaba despejar la bruma de su cabeza y asimilar la posición en la que estaba. En el regazo de Owen, con la falda alzada hasta las rodillas y el cabello desarreglado.

Santo cielo...

—Lo siento, señor. Parece que hemos roto un neumático del coche —el conductor salió del taxi, dejó su sombrero en el asiento y rodeó el vehículo para evaluar los daños.

—Bueno, demonios —Owen se rio—. Si no fuera por el neumático, podríamos haber olvidado dónde estábamos —este comentario fue más una reflexión para sí mismo que para ella.

De pronto, Milly se sintió cohibida, de nuevo, e intentó en vano de arreglarse el cabello y bajarse la falda. Sus mejillas se encendieron y cogió su libro del suelo del taxi y lo estrujó contra su pecho como un escudo. Su corazón latía a toda velocidad, con un ritmo tan frenético que lo sentía con claridad hasta en la punta de los dedos de los pies. Nunca se había permitido actuar con tanta libertad, y la mitad de ella estaba atrapada en el puro placer de ello, mientras que la otra mitad quería meterse en una cueva y esconderse para protegerse de lo expuesta que la hacía sentir besar a Owen.

Owen salió del coche y caminó hacia el conductor, con las manos metidas en los bolsillos de su pantalón mientras él y el conductor estudiaban el neumático delantero. Milly se dio cuenta de que el oscuro cabello de Owen estaba despeinado y una ligera brisa lo seguía sacudiendo. Los mechones habían sido suaves y gruesos, y tocarlos había sido... excitante. Ver cómo ella había dejado su marca en él, aunque fuera pequeña, era extrañamente satisfactorio.

Él es mi esposo, puedo besarlo cuando yo quiera, ¿no?

Owen dio una patada al neumático con la punta de su zapato y, tras unas palabras más con el conductor, abrió la puerta del asiento trasero. Apoyó una mano en el techo del coche mientras se inclinaba hacia ella.

—Milly, cariño, tenemos que caminar el resto del camino. No tenemos otro medio de llegar a Wesden Heath esta noche más que a pie. ¿Puedes hacerlo? El conductor dice que estamos a unos once kilómetros de la finca.

—¿Tenemos que caminar todo el camino? —ella echó un vistazo a las colinas de verdes paisajes. A lo lejos podían ser vistas algunas cabañas con tejado de paja.

Owen frunció ligeramente el ceño.

—Puede que tengamos que hacerlo. A menos que

encontremos a un granjero local que pudiera llevarnos el resto del viaje —le tendió una mano y ella la cogió, dejando que la ayudara a salir del taxi. Ella se aferró el libro, no queriendo dejarlo atrás.

—¿Qué hay de nuestro equipaje?

Owen miró al conductor y luego a ella.

—Él lo llevará mañana o podemos intentar llevarlo nosotros.

Milly evaluó las opciones. Constance debería estar instalada en Wesden Heath con la mayor parte de su ropa.

—Creo que puedo arreglármelas —respondió ella.

El brillo de aprobación en sus ojos la llenó de calidez.

—Muy bien, pongámonos en marcha. Tenemos una larga caminata por delante.

Capítulo Siete

Once kilómetros era un largo camino para que una dama bien educada caminara por una carretera rural en unas delicadas botas negras, pero Milly no emitió ni un solo grito de protesta ni una sola queja. Owen tuvo que morderse el labio para no sonreír. Ella era muy... diferente de lo que había pensado. La Milly que él había creído conocer había sido una joven arrogante y fría. Y todo era una máscara.

La verdadera Milly era apasionada, inteligente y decidida. Pero tenía miedo de él, no físicamente, sino emocionalmente. No podía olvidar su aspecto cuando se había burlado de ella por su libro. Se había atrevido a contarle lo mucho que le gustaba leer sobre personajes femeninos fuertes, pero él había dicho algo que no debería y, en lugar de arremeter contra él, ella se había apartado. Owen reconocía muy bien ese tipo de comportamiento. Él había hecho lo mismo con su padre al discutir. A ella empezaban a importarle sus opiniones y pensar que a él no le gustaba algo, la hería. Owen y su padre nunca habían estado de acuerdo en nada, y cada pelea le había costado parte de su corazón.

Tendré que ser cuidadoso con ella. Demostrarle que puede confiar en mí, que valoro lo que ella me dice.

La revelación lo sorprendió. Nunca se había atrevido a dejarse influir por una mujer.

—¿Cómo estás? —preguntó él cuando llegaron a un pequeño puente de piedra que cruzaba un estrecho arroyo. Unos gansos blancos se paseaban delante de ellos, graznando.

No le pasó desapercibido el destello de dolor en la cara de Milly mientras caminaba, ni la ligera cojera de su pie derecho, como si se hubiera hecho daño. Ya no podían estar lejos. Este arroyo lindaba con su propiedad.

—Estoy bien —respondió ella, apretando los dientes.

A Owen no le gustaba saber que estaba herida. Su trabajo era protegerla.

—Nos resta casi un kilómetro... —se detuvo junto al puente y la cogió del brazo.

—¿Por qué nos detenemos? —ella miró la mano de él en su brazo.

—¿Por qué no descansas un momento? —él palmeó la piedra gris del puente.

Milly parecía dispuesta a protestar, así que él la

cogió por la cintura y la levantó para sentarla en el borde del puente.

—¡Oh! —se aferró a él, lanzando una mirada de pánico por encima del hombro hacia el pequeño arroyo que descansaba abajo.

—Te tengo —la tranquilizó con suavidad.

Se inclinó hacia él, sin soltar sus brazos. Ninguno de los dos habló durante un minuto. El murmullo del agua que viajaba entre los juncos verdes a la orilla del río era tranquilizador. Un sonido familiar, uno con el que él había crecido toda su vida.

—Es muy tranquilo aquí —admitió Milly, su expresión se suavizó mientras observaba la puesta de sol.

—Lo es —coincidió él. Los Cotswolds siempre habían sido un lugar mágico, el modo en que las colinas parecían envolver las pequeñas casas y los jardines en una esfera diminuta y protegida. El tiempo aquí no corría hacia el futuro. Si no fuera por el cambio de las estaciones, Owen habría jurado que esta parte de Inglaterra nunca envejecía.

—¿Pasas mucho tiempo en Wesden Heath ahora? ¿O prefieres Londres?

Él se obligó a apartar la mirada de una familia de patos que desfilaban por la fría orilla del arroyo.

—Los últimos años ha sido Londres, pero... —hizo una pausa, encontrándose por fin con su mirada—. Ahora que tengo la capacidad de dirigir la finca como es debido, me gustaría volver a llamar hogar a Wesden Heath.

—Por mi dote —conjeturó Milly. No parecía sorprendida, pero él volvió a ver ese destello de dolor y se maldijo.

—No te mentiré, Milly. Fue mi motivación para encontrar esposa —le acarició la mejilla y le rozó el labio inferior con el pulgar. Ella apartó su mano y miró hacia otro lado. Eso lo hirió. No debería, pero lo hizo.

—Supongo que podría ser peor. Al menos no pareces propenso a los vicios, aparte de las mujeres —la última parte fue añadida con un tono de amargura. Por alguna razón, eso lo enfureció.

—Le prometí a tu padre que no llevaría a otras mujeres a mi cama. Solo a ti, Milly. No me eches en cara mis amantes del pasado. Ya no tienen nada que ver con lo que hay entre nosotros —ella tenía que entender que él lo decía en serio. Era un hombre de palabra.

Milly giró la cabeza para mirarlo, con fuego ardiendo en sus ojos.

—¿Qué hay entre nosotros? —le clavó la punta de un dedo enguantado en el pecho—. ¿Qué *hay* exactamente entre nosotros? —su tono era cortés, pero había algo mordaz en él que a Owen no le pasó desapercibido.

Miró a su mujer con el ceño fruncido, indeciso entre el deseo de besarla o de ponerla sobre sus rodillas. La mujer era exasperante. Lo conducía en dos direcciones diferentes cuando discutía verbalmente con él, y no sabía cómo enfrentarla sin pelearse o besarla.

—No tengo ni una maldita idea de lo que está pasando entre nosotros, pero pensaba que las cosas estaban mejorando —su tono era igual de frío, pero apenas controlaba el deseo de cogerla y besarla para recordarle lo que él sentía y lo que ella sentía por él.

Milly arrugó la nariz y lanzó una patada, golpeándole la rodilla con su delicada bota. Luego siseó de dolor y se inclinó para sujetarse el pie derecho. La acción hizo que ella se tambaleara y casi se cayera del pequeño puente. Owen reaccionó con rapidez, la levantó en brazos y la cogió por detrás de la espalda y por debajo de sus rodillas.

—¿Qué estás haciendo? —ella se retorció en la cuna de sus brazos, y él se rio.

—Deja de retorcerte. Voy a cargarte el resto del camino.

Los labios de Milly se separaron por la sorpresa y parpadeó varias veces.

—Bájame. No necesito que me cargues. ¿Y si alguien nos ve? Sería muy inapropiado.

—No me preocupan el decoro, sino tú —Owen empezó a caminar, sosteniéndola fácilmente en sus brazos. Ella era un peso sólido, pero no pesado. Él la miró—. ¿Todavía te duelen los pies?

Su vacilación le dijo todo lo que él necesitaba saber.

—Estoy intentando ayudarte, cariño. No seas tan malditamente testaruda.

—¿Testaruda? —ella casi chilló—. ¡Oh! ¡Bájame, canalla!

—Estás herida y no voy a dejar que mi mujer camine con los pies heridos hasta la puerta de mi casa. Podrás pensar que soy un canalla, pero por Dios, te demostraré que no lo soy porque no puedo soportar la idea de que sufras. Ahora deja de retorcerte como un turón furioso —gruñó él.

Milly se calmó lentamente y le rodeó el cuello con los brazos mientras se rendía por completo ante él. Se mordió el labio inferior y murmuró en voz baja acerca de él siendo ridículo.

La cargó en silencio durante varios minutos antes de que ella volviera a hablar, con una voz menos malhumorada.

—Me has llamado cariño. ¿Lo has dicho por decir, como harías con cualquier mujer? O has querido decir... —ella se detuvo, con un rubor tiñendo sus mejillas. Cada vez que ella se mordisqueaba el labio, él quería tumbarla sobre la superficie plana más cercana y reclamarla. Con besos, con sus manos, con su cuerpo. Su miembro se crispó ante la imagen mental y exhaló un suspiro, intentando recuperar el control.

—Un hombre debe tener un nombre cariñoso para su mujer —dijo él. Sobre todo cuando ella empezaba a importarle... añadió en silencio.

—Mmm... —ella emitió un sonido que oscilaba entre un tarareo y un suspiro.

—¿Te molesta que te llamen cariño?

—Oh, no —dijo, con una mirada de fingida inocencia que le advirtió que ella guardaba algo bajo en la manga.

Volvieron a quedarse en silencio, pero menos cargado de tensión que antes.

—Es mi primera vez en los Cotswolds —dijo repentinamente Milly, y él la miró sorprendido—. Es muy colorido. Pepperwirth Vale es muy verde, pero no tenemos colinas y flores silvestres como éstas.

—¿Y qué te parece? —Owen miró el campo a su alrededor, con la vista resultándole muy familiar. A ella debía parecerle un lugar extraño y tan diferente de los llanos bosques esmeralda de Pepperwirth Vale. Él pensó en todo lo que pronto le enseñaría de los Cotswold, los valles fluviales, las colinas de vientos fuertes, los senderos estrechos y los exuberantes condados. La cadena de colinas de piedra caliza que se inclinaban en una delgada franja desde el noreste hasta el suroeste. Esta tierra de hadas, con sus flores silvestres, sus pequeñas cabañas y el encanto de la época isabelina, corría profundamente por sus venas, tan profundamente como los ríos que atravesaban los valles. Este lugar formaba parte de él, más de lo que podía explicarle a su nueva esposa. Habría sido fácil vender su finca y marcharse, pero no podía vender una parte de su corazón. Quería que a Milly le gustara tanto como a él. Este iba a ser su hogar y quería que ella fuera feliz.

—Es precioso. Más de lo que esperaba.

Su respuesta le complació tanto que sonrió cuando por fin llegaron a los jardines delanteros de Wesden Heath. El sol colgaba justo sobre el horizonte, proyectando un resplandor dorado de luz vespertina sobre la casa y los jardines.

—Bájame, debería caminar hasta la puerta —ella le dio una palmada suave en el pecho y él se detuvo.

—¿Lista? —cuando ella asintió, él le bajó las piernas con cuidado y luego la soltó, pero solo lo suficiente para asegurarse de que podía mantenerse en pie—. ¿Y bien? ¿Qué te parece? —Owen hizo un gesto con la mano hacia la mansión de piedra gris.

En los meses de primavera y verano, la hiedra trepaba por los muros en la base y las glicinias adornaban las ventanas en mirador de las habitaciones que daban a la fachada de la casa. Una fuente de piedra con el borde cubierto de musgo estaba en el centro de los jardines salvajes y descuidados. Una punzada de tristeza lo golpeó. Había demasiadas cosas que necesitaba reparar en la propiedad.

—Es... —Milly ladeó la cabeza mientras estudiaba la mansión—. Es hermosa, pero necesita mucho trabajo, ¿no?

Owen se aclaró la garganta.

—Eh... sí. Bastante —se frotó la nuca. Una sensación

de nerviosismo lo recorrió mientras se acercaban a la casa. La puerta principal se abrió y una señora con un vestido negro de matrona se apresuró a salir.

—Amo Hadley, esperábamos que llegara mucho antes. ¿Dónde está el coche?

—Lo siento, señora Nelson. El taxi perdió un neumático y nos vimos obligados a caminar los últimos diez kilómetros.

El ama de llaves se cubrió la boca.

—¡Santo cielo! Entrad de inmediato. Os acomodaremos a ambos.

—Eso estaría bien. Señora Nelson, ella es mi esposa, Mildred; Mildred, ella es el ama de llaves, la señora Nelson.

—Bienvenida a Wesden Heath, señora Hadley.

—Gracias. ¿Mi criada Constance llegó ayer? —preguntó Milly mientras seguía a la señora Nelson al interior.

Owen las siguió mientras entraba por la puerta principal de la casa. El señor Boyd, el mayordomo, entró corriendo al salón, con las mejillas sonrosadas y la respiración agitada.

—Mis disculpas, señor Hadley, no sabíamos a qué hora esperarlo cuando no se presentó esta tarde. Haré que la cocinera prepare algo de comer para usted y la señora Hadley.

—Muy bien, Boyd. Envíala a mi habitación y cenaremos allí esta noche.

—Por supuesto, señor —después, Boyd se presentó ante Milly antes de desaparecer de su vista, dirigiéndose a las cocinas.

—Milly, déjame llevarte a tu habitación e instalarte. Esta noche tendremos una cena rápida arriba —Owen giró su codo y ella pasó su brazo por el de él.

Mientras subían las escaleras, él intentó no pensar en el estado de las gastadas alfombras y los polvorientos barandales. Cuando la mano enguantada de Milly rozó la madera, ésta salió con una mancha de mugre. Él nunca se había avergonzado de su casa, pero en este momento, sí lo estaba.

La hija de un vizconde estaba acostumbrada a algo mejor que esto. ¿Qué podía pensar ella acerca de él y Wesden? Los jardines y la casa necesitaban muchos cuidados. Si ella no amaba Wesden, entonces no sería feliz, y una Milly infeliz significaba que su temperamento gruñón podría volver. No era una perspectiva que él deseara.

Owen se detuvo frente a un dormitorio, el que había mandado preparar para ella una semana después de que sus planes de matrimonio se anunciaran en las amonestaciones. Estaba a unos cuantos dormitorios del suyo, que en esa época no le había parecido lo suficientemente lejos. Al principio se había sentido aliviado de que la costumbre dictara que la esposa tuviera su propio dormitorio. Pero ahora... ahora deseaba que tuvieran habitaciones comunicadas, unas que los hicieran sentirse más como marido y mujer.

Las personas que compartían su vida juntos normalmente llegaban a preocuparse por el otro. Los padres de Owen habían mantenido habitaciones separadas y habían podido evitarse mutuamente. Él había asumido que podría enfrentarse a esa posibilidad con Milly, pero... ya no. Quería un matrimonio íntimo, no solo física sino emocionalmente. Nunca había sido de los que llevaban una vida solitaria y no iba a empezar a hacerlo ahora. Owen tenía la ligera sospecha de que Milly también estaría dispuesta a ello, si conseguía seguir robándole besos y encontrar la manera de derretir los muros helados que rodeaban su cálido corazón.

Quería tenerla cerca. Era una maldita tontería ansiar su cercanía, desear llevársela a la cama, pero él sentía todo eso. Incluso cuando ella lo rechazaba, a él le fascinaba. Milly era un manojo tenso de contradicciones que tenía poco sentido para él, y deseaba con todas sus fuerzas pasar el resto de su vida desentrañando el misterio de quién era realmente. ¿Tentadora o gruñona?

—Estos son tus dormitorios. Tu dama de compañía debe tener sus propios aposentos en la sala del personal. Si alguna de vosotras necesita algo, hay campanas, por supuesto. El señor Boyd y la señora Nelson pueden ocuparse de lo que necesitéis —Owen abrió la puerta del dormitorio de Milly. Constance ya estaba dentro, esperando pacientemente junto a la cama. Los hombros de

Milly se relajaron visiblemente y sonrió por primera vez en horas.

—Constance —la única palabra, tan llena de alivio en sus labios, hizo que a él le doliera el pecho. Se frotó la zona con una mano, pero la retiró cuando ella se volvió para mirarlo.

—Gracias, Owen. Me gustaría tener algo de tiempo a solas después de nuestro viaje. —ella miraba el dormitorio, evitando su mirada.

—¿Estás segura? Estaría encantado de ayudarte a instalarte —ofreció él. La idea de que ella se alejara de él después de todo lo que habían compartido lo hacía sentirse vacío. No quería vivir con una extraña el resto de su vida. Prefería tenerla gritando furiosa y despotricando contra él por algo desconsiderado que había dicho sobre sus libros que tenerla ignorándolo.

—¿A qué hora es la cena? ¿Habrá una mesa formal preparada? ¿O debería esperar algo más informal? —su tono era calmado, no frío, pero hizo que Owen quisiera gruñir. Esta no era la Milly que él quería ver. Era la Milly de antes de que se casaran, la fría mujer de mundo que cubría su corazón en hielo. No había ni rastro de la intimidad que había estado creciendo entre ellos. Ellos habían hecho un avance esta tarde y ahora ella intentaba retroceder. Estaría condenado si dejaba que ella volviera a excluirlo. Él cerró los puños. Tendría que abrumarla con pasión, era la única forma en que podría derribar el muro de hielo que ella había levantado para mantenerlo alejado. Cuando Milly lo besaba, no era fría ni cerrada, era una mujer diferente, una criatura apasionada y salvaje que sonreía y reía. Una mujer a la que Owen podría llegar a amar con un poco de tiempo. Y eso era lo que él deseaba, tener una esposa a la que pudiera amar y que ella pudiera corresponderle.

—No estoy seguro. Vendré a por ti, ya que cenaremos en mi habitación, no hace falta que te arregles. Ponte lo que desees.

Milly asintió cortésmente y dio un golpecito con su bota, aparentemente más que lista para que él se fuera.

—Bueno... te veré en un rato —dijo y ella le cerró la puerta en las narices.

—Te veré en un rato —sonaba como un idiota. Con un gruñido bajo, se dirigió a su dormitorio y cerró la puerta, azotándola.

Capítulo Ocho

Milly se dejó caer en la cama con dosel, hundiéndose en el suave colchón. Los pies le dolían y estaba tan agotada que podría haberse quedado dormida allí mismo si su estómago hubiera dejado de refunfuñar.

—¿Milady? —Constance apoyó una mano suave en su frente, como si estuviera comprobando si tenía fiebre—. ¿Se encuentra bien?

Con un fuerte suspiro, ella respondió.

—Sí, bastante bien. A nuestro taxi se le averió un neumático y tuvimos que caminar diez kilómetros para llegar aquí.

Su criada hizo una mueca de dolor e inmediatamente cogió las botas de Milly.

—¿Se las quito?

—Por favor —casi suplicó, pero era algo tan poco

habitual en ella que no pasó por alto la pequeña sonrisa de Constance. Cuando le quitó las botas y le bajó las medias, Milly hizo un gesto de dolor y gruñó al descubrir ampollas en los talones. En algunos lugares tenía sangre y estaban en carne viva.

—¡Oh! —jadeó Constance.

Milly cerró los ojos un segundo, respirando. El aire frío ardía en las zonas heridas, pero después de unos segundos el ardor se calmó.

—Iré a buscar un ungüento curativo. Lo que el señor Evans pueda encontrar —Constance la dejó sola y ella se hizo un ovillo en la cama, cubriéndose con la colcha para mantenerse caliente. Había un pequeño fuego en la chimenea, pero no la calentó tanto como esperaba.

Descansaré hasta que ella vuelva. No debería tardar mucho.

Cuando volvió a abrir los ojos, encontró a Constance mirándola, con preocupación frunciéndole las cejas.

—El señor Hadley la espera en su dormitorio para cenar —Constance le tendió unas pantuflas y un grueso chal de lana para que se lo pusiera sobre los hombros.

Milly se estremeció al meter los pies en las pantuflas, pero se sintió aliviada de que no tendría que volver a ponerse las botas. Luego se ajustó el chal y enderezó los hombros.

—Constance, ¿cómo es la situación del personal aquí? Debería haber más chimeneas, menos polvo...

menos... —se frotó los ojos cerrados con el pulgar y el índice antes de exhalar un suspiro.

Su criada la miró fijamente.

—Necesitamos contratar al menos tres lacayos, cuatro criadas para el piso de arriba y una criada de trascocina. Ahora mismo, Wesden Heath tiene un mayordomo, ama de llaves, cocinera, una criada y un lacayo —Constance enumeró a los sirvientes con los dedos mientras se paseaba delante de Milly. Milly se mordió el labio para ocultar su sonrisa. Constance, aunque era una dama de compañía, era más adecuada para el papel de general del ejército, o tal vez de ama de llaves. Si la señora Nelson se jubilaba, Milly tendría que ocuparse de que a Constance le ofrecieran el puesto.

—Menos mal que mi padre me dejó cierto control de las finanzas. Podemos seguir con el tema del personal mañana por la mañana.

—Muy bien, milady

—Basta de milady, Constance. Ahora solo soy la esposa de un caballero —le recordó con amabilidad.

Constance miró al cielo como suplicando a los ángeles que intercedieran antes de darse la vuelta para ordenar los artículos de higiene sobre la mesita de noche, murmurando:

—No se le puede quitar la sangre azul a una dama.

Milly examinó su apariencia en el espejo alto y se pasó las manos por el desordenado peinado antes perfecto. Dormir sin haberse soltado el pelo había sido una tontería, pero había estado tan agotada que no había pensado en ello.

—Cielos, tengo un aspecto espantoso —dijo y se pellizcó las pálidas mejillas antes de dirigirse a la puerta. Tenía un aspecto horrible con sus ropas de viaje arrugadas, sus pantuflas y sus chales, pero después de todo lo que había pasado hoy, simplemente era incapaz de preocuparse por eso. La mayoría de los caballeros que se casaban con una dama de su posición esperarían la perfección en su esposa en todo momento. Milly esperaba que Owen no fuera de esos hombres, porque estaba demasiado agotada para hacer algo con su aspecto esta noche, por mucho que deseara lucir lo mejor posible por costumbre.

Avanzó por el pasillo hasta encontrar la única otra habitación del piso de arriba que parecía ocupada. Un resplandor de luz dorada iluminaba la parte inferior de la puerta, indicando que alguien tenía fuego y lámparas encendidas. Golpeó ligeramente con sus nudillos y la puerta se abrió un instante después.

—Aquí estás. Estaba a punto de enviar un equipo de búsqueda.

Owen dio un paso atrás, permitiendo que pasara a su lado para entrar en la habitación. Él solo llevaba pantalones y una camisa blanca remangada. Su habitación era cálida y acogedora, con un abundante fuego, a diferencia de la de ella, que había estado tan fría que tenía los dedos blancos y frágiles como carámbanos.

Milly se estremeció y cogió los extremos sueltos de su chal mientras se dirigía directamente a una silla junto al fuego.

—La cocinera nos ha preparado ternera con especias y pan de soda —dijo Owen mientras se unía a ella—. Sé que estás acostumbrada a comidas más impresionantes, pero te aseguro que mañana enviaré a la señora Nelson al pueblo con una lista de todo lo que desees.

Milly no lo miró, aunque quería hacerlo. Si lo miraba y veía ese rostro apuesto vuelto hacia el suyo, cedería a su deseo de acercarse a él. La esperanza casi infantil de su tono la hizo sentirse melancólica y un poco nerviosa por dentro. La extraña mezcla de emociones era desconcertante, pero se recordó a sí misma que debía mantener su distancia. No podía permitirse enamorarse de este hombre, por muy dulce, encantador y seductor que pudiera ser. Temía enamorarse y que él resultara ser lo que ella temía, un cazafortunas que no se preocupaba en lo absoluto por ella. Un hombre así no se preocuparía por tratarla con igualdad en su matrimonio. Él la dejaría ahogarse lentamente en una tranquila vida de desesperación. Ella lo había visto tantas veces con otras mujeres de su edad quienes habían nacido con el deseo de ser algo más que una simple esposa y madre.

—Gracias —respondió ella.

Owen se alejó, pero regresó un momento después con un carrito y una deslustrada bandeja de plata con comida. El aroma de la ternera con especias hizo que el estómago de Milly rugiera. Ya podía saborear las especias de enebro y pimienta en grano que debieron haber estado en remojo durante una semana. Era una comida sencilla, pero gratificante. Ella cogió un plato, cortó un trozo de pan de soda marrón y eligió varios trozos de ternera. Owen hizo lo mismo y cogió una botella alta y transparente llena de un líquido rojo cereza pálido.

—¿Quieres un poco de licor de endrinas? —agitó la botella en señal de invitación.

—¿Licor de endrinas? —Milly nunca había oído hablar de esa bebida.

—Sí —sus labios se crisparon—. Se elabora con el fruto del árbol de espino negro. Es un poco ácido, pero se cosecha a principios de otoño —él le sirvió una pequeña copa y ella la cogió, estudiando el líquido con curiosidad.

—Nunca había probado el licor —ella sonrió a pesar de no querer y bebió un sorbo. Lanzó un grito ahogado cuando el sabor la golpeó con fuerza.

Owen se abalanzó sobre ella y le golpeó la espalda con la palma de la mano mientras ella tosía.

—Tranquila —se rio—. El próximo sorbo será más fácil, te lo prometo —le empujó la copa hacia su mano con la punta del dedo.

Milly vaciló, mirando el líquido rojo con más respeto que curiosidad, mientras volvía a beber un sorbo. Ardía, pero ahora de un modo agradable, mientras envolvía su lengua y su garganta. Esta vez, ella saboreó la fruta ácida y un toque de azúcar.

Owen se inclinó hacia adelante en su silla, con los codos apoyados en las rodillas, mientras la observaba. La expresión divertida de su rostro suavizó sus apuestos rasgos y esa pequeña parte traicionera de ella que lo deseaba más allá del sentido común y la razón, cobró vida. El mareo provocado por el licor tampoco estaba ayudando.

—Esto es muy fuerte —observó ella, y luego soltó una risita.

Owen se sirvió una copa y la bebió de un largo trago.

—Mi familia lleva generaciones haciendo licor de endrinas. Es una tradición aquí, y nos ayuda a mantenernos calientes en invierno.

—Mmm —ella bebió otro sorbo y soltó otra risita mientras veía cómo la habitación giraba ligeramente

—Oh querida, te emborrachas rápido, ¿no es cierto? Mejor come algo —Owen inclinó la cabeza hacia su plato y Milly comió con buen apetito. El dolor de barriga provocado por el hambre disminuía con cada bocado e incluso hizo lo más impropio de una dama, lamerse los dedos para eliminar las migas de pan de soda.

Cenaron en silencio, con el crepitar del fuego arrullando a Milly en un poco de calidez y comodidad. Seguía sintiéndose desequilibrada en su nuevo entorno, y odiaba eso. El control era primordial, el control significaba seguridad. Pero ella podía controlar muy poco de lo que estaba ocurriendo ahora. Se sentía como el gatito que ella y su madre habían encontrado una vez atrapado afuera en los jardines durante una tormenta. Lo habían rescatado y llevado al interior. Su pequeño cuerpo, tembloroso y mojado, se había aferrado con sus últimas fuerzas a la falda de Milly. Ella se estaba aferrando a Owen como ese gatito, exhausta, aterrorizada y temerosa de soltarlo. Era una triste ironía que el mismo hombre que había provocado que ella se encontrara en esta situación fuera ahora la única persona, aparte de Constance, con la que se sentía segura y en tierra estable.

—Milly —Owen dejó su plato y cruzó los brazos sobre el pecho, su expresión era seria.

—¿Sí? —acurrucó las piernas bajo ella en la silla, pero hizo una mueca de dolor cuando las ampollas rozaron contra el asiento.

—¿Estás herida? —él se movió demasiado rápido, parándose y alzándose sobre ella en un instante mientras se inclinaba para alcanzar sus piernas.

—Estoy bien —protestó Milly, intentando evitar su contacto, pero él la atrapó en la silla y no pudo escapar. Se arrodilló frente a ella, le levantó la falda y le examinó los pies. Cuando le quitó una de las pantuflas, se tensó y levantó la cabeza para mirarla. Sus ojos eran oscuros y cálidos, teñidos también de ira.

—¿Por qué no has dicho nada antes?

Ella se encogió de hombros.

—¿Y hacer que me cargaras durante diez kilómetros? No seas ridículo.

Él se pasó una mano por la mandíbula, frunció el ceño y sus labios se entreabrieron como si pensara hablar, pero los cerró con fuerza, aún con el ceño fruncido.

—¿Qué ibas a decir? —preguntó ella.

Él seguía sujetándole un pie descalzo con la mano y le frotaba el arco con pequeños círculos reconfortantes. Milly movió los dedos de los pies cuando él se negó a responder.

—Cuando hice planes para que tú vivieras aquí, elegí tu habitación al final del pasillo. Supuse, como cualquier marido, que querrías tener una habitación separada de la mía. Pero no quiero eso, ya no —él reanudó las caricias en su pie, luego deslizó la mano hacia su tobillo, acariciando su pantorrilla desnuda.

—No lo entiendo —era difícil formular pensamientos, por no hablar de palabras, cuando él le frotaba la piel tan expuesta.

—Me gustaría que consideraras compartir mi cama esta noche. La habitación en la que estás ahora está en la parte fría de la casa, y hasta que hayamos arreglado un poco Wesden, preferiría que estuvieras caliente y cómoda. *Aquí.* Conmigo. Si decides que sigo sin agradarte después de que tu habitación esté más fortificada, podrás instalarte permanentemente a ella. Pero por ahora, me gustaría que estuvieras conmigo.

A Milly se le cortó la respiración y el licor la hizo sentirse... feliz. No debería querer dormir en su cama con él, no cuando había jurado mantenerse distante.

—No discutirás conmigo, ¿verdad? —se movió más cerca de ella, aún de rodillas, y le levantó la falda hasta los muslos antes de quitarle la segunda pantufla y comenzarle a masajearle el otro pie, aliviándole los dolores con las puntas de sus dedos mágicos. Una sensación borrosa y cálida la envolvió, y ya no era solo por el licor.

—Esta noche no —ella se recostó en su silla y dejó que siguiera frotándole los pies.

—Muy bien —su risa fue suave e intensa, quemándola por dentro como el licor.

Owen se puso de pie y, con manos hábiles, la alzó en brazos, caminó unos metros hasta la cama y la bajó.

—Quédate aquí mientras te busco un camisón —salió de su habitación.

Durante su ausencia, ella se desató el cabello y peinó los largos mechones con sus dedos, deshaciendo pequeños nudos. Luego apartó las sábanas de la cama y se deslizó bajo ellas. La cama de Owen era cálida y el fuego calentaba la habitación mucho mejor que la habitación de ella al final del pasillo.

Las paredes de la habitación de Owen eran de un amarillo como mantequilla, con retratos de sus antepasados. Ella notó un ligero parecido, sobre todo en la boca y los ojos. Los labios de Owen eran seductores, carnosos y suaves. Milly los había estudiado con tanta frecuencia en los últimos días que ya se habían convertido en parte de su fantasía despierta. Se inclinó sobre el borde de la cama para ver más allá del dosel y contempló el elegante techo de escayola. Ramas de árboles y enredaderas con flores creaban un bosque sobre su cabeza. Wesden Heath podía ser viejo y necesitar muchos cuidados, pero lo que había aquí era elegante, hermoso. Sería fácil para ella llegar a amar esta casa tanto como a Pepperwirth Vale.

—¿Te gusta? —la voz de Owen la hizo tensarse y luego relajarse. Había vuelto a entrar a la habitación a hurtadillas sin que ella se diera cuenta. Un camisón colgaba de uno de sus brazos.

—Es precioso —aceptó ella, señalando el techo con la cabeza.

—Está inspirado en la Sala de la Vid del Castillo Kellie —él rodeó la cama y se colocó frente a ella.

—He estado en el castillo de Kellie —Milly sonrió—. Pensé que esto me resultaba familiar, pero no podía ubicarlo —lo miró hacia arriba, sintiendo la diferencia de altura mucho más marcada porque él estaba de pie mientras ella estaba sentada en su cama. Un pequeño escalofrío la sacudió al pensar que era mucho más pequeña que él. Nunca había pensado que le gustaría sentirse más pequeña, pero con Owen, eso no le parecía aterrador, sino más bien excitante. Cada vez que estaba cerca de ella y sentía el calor de su cuerpo y su tamaño comparado con el de ella, su corazón se aceleraba y se le cortaba la respiración.

—¿Te gustaría que te ayude a cambiarte? —él sostuvo el camisón.

—¿Qué? —su voz salió aguda y sin aliento.

—Sí —respondió él en voz baja y suave mientras la cogía de las manos y la levantaba de la cama para que se pusiera de pie.

Cuando Milly le dio la espalda, Owen empezó a desabrocharle la falda azul marino. La presión de sus manos era caliente contra su piel a través de la fina tela de la blusa y la camisola. El aire frío le besó la parte trasera de las piernas cuando la falda cayó al suelo. Antes de que pudiera girarse o hablar, sus manos la rodearon por delante para desabrocharle la blusa. Su cuerpo estaba tan caliente detrás de ella que no pudo resistir la tentación de apoyarse en él mientras le abría la blusa. Owen la empujó suavemente unos centímetros hacia adelante para que la camisa pudiera deslizarse fuera de su cuerpo. Un escalofrío la sacudió mientras permanecía allí de pie, vestida solo con su camisola.

Prácticamente desnuda. Tenía los hombros al descubierto, ya que la camisola no tenía mangas, sino finos tirantes de encaje. Owen deslizó una mano por su brazo derecho hasta el hombro, luego por la clavícula y bajó hasta el valle de sus pechos. La respiración de Milly se aceleró y jadeó suavemente cuando él colocó la mano sobre su corazón.

—Está latiendo muy rápido —susurró él. El leve roce de sus labios contra el lóbulo de su oreja envió un rayo de calor a ese lugar secreto entre sus muslos—. No tengas miedo —la tranquilizó—. Yo nunca te haría daño.

Le rodeó la cintura con un brazo, manteniéndola pegada a él. Con la otra mano empezó a levantarle el borde de la camisola, centímetro a centímetro. Ella apretó sus rodillas, pero Owen continuó deslizando la mano por su muslo hasta meterla entre sus piernas. Mientras lo hacía, su boca la besaba suavemente en la oreja, la mandíbula y la nuca. El delicado roce de la lengua en su oreja fue suficiente para hacerla jadear y sacudirse contra él mientras su cuerpo se llenaba de vida.

—Eso es, cariño —la animó momentos antes de que su mano llegara a la unión de sus muslos. Le frotó suavemente la zona. La otra mano que tenía en su cintura subió hasta cogerle la garganta, y Milly arqueó la espalda. Él seducía *sin piedad*, con sus besos perfectamente colocados en su garganta para hacerla gruñir y gemir. Era abrumador sentir cómo acariciaba posesivamente el lugar entre sus muslos, ejerciendo presión sobre una zona que ella no sabía que respondería con un contacto tan potente. Cuando los dientes de Owen le rozaron ligeramente la piel y le mordisqueó el lóbulo de la oreja, Milly creyó que iba a morir por la tensión y el placer crecientes. Moviendo el trasero contra su entrepierna, ella intentó que él hiciera algo, cualquier cosa que aliviara el dolor de su vientre.

Owen separó los húmedos labios del lugar entre sus muslos, explorándola con la punta de un dedo. La sensación era tan impactante que Milly siseó.

—Owen, ¿qué estás haciendo? —preguntó sin aliento y escandalizada.

Su risita áspera contra su cuello hizo que su vientre se estremeciera.

—Estoy conociendo tu cuerpo, cariño. Qué toques, qué caricias, te llevan a la dulce locura.

¿Dulce locura? Estaba segura de que ya la había alcanzado. Sus caricias íntimas la habrían hecho sonrojarse y alejarse de él si no hubiera estado ya ruborizada y atrapada en sus brazos. Avanzaron dos pasos hasta que la parte delantera de las rodillas de Milly y la parte inferior de sus muslos tocaron la cama. Owen utilizó su propio cuerpo para aprisionarla contra el colchón.

—Dios, Milly —gimió él contra su cuello, y esa exhalación entrecortada de su nombre la hizo entrar en una espiral hacia un lugar aterrador y excitante dentro de sí misma que nunca había experimentado—. ¿Cómo se siente? —le preguntó, mientras su dedo trazaba patrones tentadores en la parte más sensible de su cuerpo.

—Bien... —ella vaciló y luego se tensó y lo cogió de la muñeca, pero no apartó la mano de él de entre sus muslos.

—Por favor, no me digas que pare —era lo más parecido a una súplica que ella había escuchado de él.

¿Milly podía permitirle hacer esto? ¿Llevarla más allá de un límite de intimidad que ella nunca había pensado darle a ningún hombre?

—Déjame mostrarte lo bueno que puede ser —sus dedos empujaron su entrada y el pequeño y jadeante sonido de sorpresa y la respiración pesada de Owen fueron los únicos sonidos en la habitación además del fuego.

—¡Owen! —ella se aferró a su brazo que aún la sujetaba por el cuello, manteniéndola contra él mientras introducía un dedo en su interior. La sensación de esa pequeña penetración dentro su abertura tan estrecha hizo que, instintivamente, Milly se apretara alrededor de él. Owen balanceó sus caderas contra ella por detrás y la dura presión de su excitación contra la línea de sus nalgas la hizo sentir una nueva oleada de calor en su interior.

—Solo dime una pequeña palabra, Milly. *Sí*. Es todo lo que necesito escuchar.

Una palabra. Él es mi marido, estaría bien si…

Capítulo Nueve

Una palabra. Milly podía decirle a Owen que sí... *y él me haría el amor esta noche.*

Si decía que sí, todo cambiaría entre ellos. A Milly le asustaban los cambios, pero también sabía que esto era inevitable, no porque él fuera su marido, sino porque ella quería estar con él.

Al diablo con las tontas reservas de colegiala. Iba a hacerlo.

—Sí.

—Gracias a Dios —la giró en sus brazos y la besó un segundo después. Ella oyó el ruido de una tela rasgándose y su camisola cayó al suelo en un montón de seda arrugada. Estaba completamente desnuda—. Muy hermosa. ¿Sabes lo hermosa que eres?

La áspera voz de Owen hizo arder cada parte de su bajo vientre. Ella intentó cubrirse los pechos, pero él la cogió de las muñecas y las apartó de su cuerpo. Tenía miedo de mirarlo, miedo de creer que sus palabras no eran ciertas.

—Mírame, cariño —su voz era suave, persuasiva, y ella no pudo resistirse. Cuando sus miradas se encontraron, ella contuvo el aliento, sorprendida al ver su salvaje hambre y el aprecio que brillaban en sus ojos. Él realmente pensaba que ella era hermosa—. Yo no te mentiré, nunca —juró—. Ahora, recuéstate y déjame disfrutar de ti, esposa —esa sonrisa coqueta de su rostro estaba marcada por el deseo, y una nueva oleada de nervios agitó el vientre de Milly.

—¿Qué hay de tu ropa? —ella se sentó en el borde de la cama, deleitándose secretamente con la pecaminosa sensación de su trasero desnudo sobre las sábanas.

—¿Qué? —Owen soltó una risita, recorriendo su cuerpo con la mirada, claramente sin prestar atención a lo que ella le había preguntado.

—Tu ropa, esposo. Quítatela. Ahora —le señaló el pecho con un dedo, moviéndolo arriba y abajo para indicarle que se quitara la ropa—. No voy a ser la única persona desnuda en esta cama. Debemos estar a mano —ella esperó, levantando la barbilla de forma que pareciera imperiosa y transmitiera que *debía* ser obedecida. Pero tuvo que morderse el labio para ocultar una sonrisa. Eso también la ayudó a disimular la timidez que le producía estar completamente desnuda y en la cama de Owen.

—Muy bien, pequeña criatura exigente. La que debe ser obedecida —él le guiñó un ojo mientras se quitaba la camisa y se desabrochaba los pantalones.

De alguna forma, él ya se había quitado las botas sin que ella se diera cuenta, lo que le facilitaría quitarse los pantalones. Esa era la última barrera entre ellos, ella lo sabía. Una vez que se quitara los pantalones, esto pasaría entre ellos. Saber eso la hizo sentir pequeños temblores de excitación y anticipación.

Cuando empezó a bajarse los pantalones, Milly se distrajo con los fascinantes músculos en forma de V de su bajo vientre, que trazaban un camino evidente hasta su ingle. Él detuvo sus manos y ella levantó la mirada hacia su rostro y lo encontró observándola.

—¿Has visto alguna vez a un hombre...? —él negó con la cabeza—. No, claro que no lo has hecho.

—¿Haber visto qué? ¿A un hombre desnudo? —era fácil adivinar sus pensamientos.

—No lo has visto, ¿verdad? —sus ojos se entrecerraron un poco en una leve sospecha.

Esta vez, ella sonrió.

—Claro que sí —se recostó en la cama, apoyándose en la almohada como una sultana.

Los ojos oscuros de Owen se detuvieron en las puntas de sus pechos, en la forma en que sus pequeños pezones se estremecían con el aire frío. Ella sintió que él estaba descubriendo su secreto, que nunca había visto desnudo a un hombre real.

—Eres demasiado astuta, esposa. Creo que has visto estatuas, pero no hombres de carne y hueso.

Con una última mirada de complicidad hacia ella, e bajó los pantalones y la ropa interior, saliendo del desastre de telas para pararse orgulloso a los pies de la cama, con una sonrisa perfilando sus rasgos repentinamente voraces. La mirada curiosa de Milly se posó en su entrepierna y se tensó, cada hueso y músculo de su interior apretándose dolorosamente. Este hombre habría avergonzado a un semental.

—Eso... —ella se aclaró la garganta—. Eso no entrará. Eres demasiado grande.

De nuevo, él se rio, y el intenso sonido solo la molestó esta vez esta vez.

—¿Qué te hace tanta gracia? —demandó. Él se acercó a un lado de la cama, más cerca de ella.

Owen le cogió la barbilla y se encontró con su mirada.

—Si entrará. Es probable que te duela un poco al principio, pero te estirarás para acomodarte a mí. Haré todo lo que pueda para aliviar el dolor inicial —se inclinó, le rozó los labios con un beso y le indicó que se moviera en la cama para que él pudiera acostarse a su lado—. ¿Por qué no nos metemos debajo de las sábanas? —sugirió.

Milly tragó duro y asintió, subiéndose las mantas hasta la cintura mientras retrocedía para darle espacio. Se unió a ella y, antes de que ella pudiera pensárselo dos veces o cambiar de opinión, él rodeó su cuerpo con el suyo y la besó. El roce de sus pechos contra su torso y el de su muslo izquierdo separando los suyos era exótico, extraño, y la dejó sin aliento con un susurro de emoción. Sus manos la acariciaban, recorriendo su cadera y su trasero. Él cogió una de sus nalgas y el fuerte agarre provocó un delicioso cosquilleo en el interior de Milly. Saltaron chispas en el pequeño grupo de nervios y en lo más profundo de su abdomen. Su erección se balanceó contra su vientre y ella la rodeó con los dedos, estrujándola ligeramente. Todavía estaba un poco asustada por su tamaño, pero estaba demasiado excitada para resistir el impulso de tocarla. Owen gruñó y meció las caderas.

—Dios, mujer, tú sabes cómo hacer arder a un hombre —su respuesta ronca y un poco risueña la hizo sonreír nerviosamente.

—¿Estoy haciendo algo mal? —ella empezó a soltarlo, pero la mano de él bajó sobre la suya, manteniendo sus dedos alrededor de su pene.

—Acaríciame, amor, despacio y con suavidad, y yo te acariciaré a ti —deslizó la mano entre sus muslos y la penetró con un dedo, explorando y luego empujando. Milly tuvo que concentrarse en devolverle las caricias, pero era tan difícil cuando su dedo dentro de ella la hacía querer retorcerse, arquear la espalda, arañarlo por algo más que no estaba segura de poder soportar.

—Owen, me siento un poco extraña —jadeó entre besos. Él sonrió contra su boca, sin dejar de frotar un punto dentro de ella que la hizo estremecerse y sentir un zumbido de placer/dolor directo en sus pechos.

—¿Extraña cómo?

—Pesada y a la vez agitada por dentro. ¿Es posible?

Él besó sus labios antes de retirar la mano.

—Recuéstate boca arriba, cariño —la ayudó a recostarse, y ella se tensó cuando le separó las rodillas—. Confía en mí, Milly. Confía en mí —la aprisionó bajo él, acomodando sus caderas entre los muslos de Milly. Se puso rígida, aterrorizada por lo que pudiera ocurrir a continuación—. Respira conmigo —bajó la cabeza para besarla de nuevo y, cuando no pasó nada, ella se relajó y se rindió al placer de su beso. No supo durante cuánto tiempo sus bocas se movieron en armonía, pero, de repente, entre una respiración y la siguiente, él colocó su miembro en su entrada y la penetró. La presión inesperada y el dolor punzante la dejaron sin aliento. Él se apartó un poco y Milly se mordió el labio, cerrando los ojos.

Respira a través del dolor. Clavó las uñas en los hombros de Owen.

—La mayor parte del dolor ya ha pasado —murmuró él, con una verdadera disculpa en los ojos—. Respira y relájate. Después de eso, solo habrá placer —le besó la barbilla, luego bajó los labios hasta su clavícula y después a su pecho izquierdo. Le acarició la punta y después succionó el pezón. Milly gimió ante el placer de su boca mordisqueando una parte tan sensible de ella.

Owen le acarició la rodilla, subiendo y bajando por la parte exterior de su muslo con movimientos suaves. Cuando él volvió a balancearse hacia adelante, el dolor era más imaginario que real, y unos segundos más tarde Milly se dio cuenta de que solo había una salvaje sensación de necesidad, esa presión y ese dolor crecientes que el cuerpo de Owen estaba satisfaciendo. Cada vez que se introducía en ella, sus pelvis se tocaban y estaban tan cerca y conectados como podían estarlo dos seres.

Después de eso, Milly no necesitó palabras, ni él tampoco. Owen capturó sus muñecas a ambos lados de su cabeza, clavándolas en la cama. Eso la dejó indefensa, pero excitada, mientras la penetraba con más fuerza, hasta que ella estuvo al borde, y la fuerza hizo que ambos jadearan y soltaran suaves gritos. Milly se dio cuenta de que le gustaba la rudeza, la forma en que él la reclamaba, la *consumía*. Sus miradas estaban fijas, no existía nada más fuera de ellos. Nada más que sus respiraciones compartidas, el punto de conexión entre ellos y el éxtasis de su cuerpo sobre el de ella. Todo en Milly se fragmentó en estallidos de placer infinito. Un grito salió de sus labios y se fundió con el ronco grito de Owen al pronunciar su nombre. *Milly*. Ella sonrió, jadeó y se quedó sin fuerzas. El peso de Owen se situó más firmemente sobre ella.

—¿Estás bien? —preguntó él entre sus propias respiraciones entrecortadas, sus manos aun cogiendo sus muñecas, manteniéndola atrapada, pero a ella no le importaba.

—S-sí —Milly seguía sonriendo, y él bajó la mirada hacia ella con una sonrisa.

—Bien. Estaba un poco ansioso y temía haber sido demasiado brusco —bajó de su cuerpo, le soltó las manos y se apartó de ella. La pérdida instantánea de su cuerpo y de su calor, de su conexión, la impactó más de lo que ella quería.

—¿Esta es la parte en la que los hombres suelen abandonar la cama de sus esposas? —preguntó, sintiéndose muy pequeña e insignificante. Miró hacia abajo y jugó con un mechón suelto de su cabello.

Owen le levantó la barbilla y le rozó la mejilla con el dorso de los nudillos; una tierna sonrisa se dibujó en sus labios, como si él percibiera su inseguridad.

—Normalmente, pero yo no. Me quedaré aquí mientras tú me dejes —le acarició los labios con la punta de un dedo y luego la besó profundamente. Ese maravilloso calor volvió a invadirla por completo, tan solo con su beso—. Duerme un poco. Mañana tenemos mucho que hacer.

Owen acurrucó su cuerpo contra el suyo y Milly se dejó abrazar, amando la manera en que la sostenía tan cerca. Él era lo único reconfortante y familiar en el nuevo y extraño mundo que iba a ser su hogar. Podía dejar que la abrazara durante una noche. Seguramente eso no arriesgaría su corazón, no una noche...

* * *

Owen se aferró a Milly, contando sus pestañas oscuras y estremeciéndose por dentro de placer mientras ella se rendía al sueño en sus brazos y en su cama. Cortejar a una mujer era fácil, pero ¿cortejar a su propia esposa? Eso era otra hazaña, completamente. Era muy asustadiza, dispuesta a huir al primer indicio de ser herida. Eso era lo último que él deseaba hacerle.

Ella había sido herida esta noche. Perder su virginidad no había sido indoloro, pero lo había superado, pobre chica. Ahora, ella estaba del otro lado, una mujer que había probado el placer en los brazos de un hombre.

Solo tengo que convencerla de que confíe en mí. Desde el principio, había sabido que ella lo veía como un despiadado cazafortunas empeñado solo en quitarle el dinero a una mujer. Pero él no era así, no en el fondo, y necesitaba que ella lo conociera de verdad, porque si lo hacía... ella podría llegar a amarlo, y eso importaba. Él no quería un matrimonio sin amor como el de sus padres.

Milly se acurrucó más cerca, aferrándose a él, presionando su mejilla contra su hombro. La sensación de estar piel con piel con él era extrañamente armoniosa, como los acordes de un piano forte. Diferentes, pero cuando se mezclaban, se sentía bien.

—Quiero quedarme contigo, Milly —susurró lo bastante bajo como para que ella no se inmutara—. Y menudo reto será, ¿eh? —ahora la conocía lo suficiente como para darse cuenta de que esta noche era solo una pequeña victoria en la batalla por conquistarla. Milly era infinitamente compleja. Un increíble acto de amor no bastaría para domarla o aliviar sus temores de rechazo o burla. Para cortejarla, tendría que ser cuidadoso, considerado, amable y, sin embargo, no permitir que ella ganara ni un centímetro en la batalla que los separaba. Si quería que este fuera un matrimonio feliz, tendría que conseguir que su mujer se enamorara de él. Hacía un mes, él se habría reído de la tarea imposible y se habría marchado, pero no podía hacer eso. No después de la promesa que le hizo al padre de Milly y la promesa que se hizo a sí mismo.

Habrá felicidad en este matrimonio.

Tiró de las mantas para envolver a ambos y dejó que el cansancio se apoderara de él. Pero los sueños nunca se quedaban atrás. Sueños de días oscuros y noches infernales. Esas cosas siempre corrían bajo la superficie de su mente y en los rincones de su corazón.

Apenas había cerrado los ojos cuando viejos recuerdos surgieron a su alrededor. Asfixiándolo.

El sol abrasador le quemaba la piel, el zumbido de las moscas alrededor de los cuerpos, las aves carroñeras yendo de un cadáver a otro, picoteando la carne putrefacta. Sus propias manos estaban manchadas de sangre, demasiado resbaladizas para sujetar su rifle. Se abrió paso entre la maleza africana, incapaz de ver a sus tropas.

Solo había sangre y muerte... y silencio. Esa era la peor parte después de una batalla. Cuando el chasquido de las armas y el estruendo de los cañones se extinguían y la brisa disipaba la niebla de la guerra... el silencio era lo único que quedaba. Owen intentó luchar contra el pánico creciente. Sus hombres lo habían dejado atrás para morir. Él moriría. Unas horas más sin agua, sin comida, sin refugio de un sol despiadado.

—Que Dios me perdone por mis pecados —murmuró él, con voz ronca.

Algo le dio un empujón en el hombro y él dio un respingo de manera violenta, encontrándose de nuevo en la oscura habitación a la luz del fuego de Wesden Heath. No en África. La guerra había terminado. Sus manos estaban limpias. Levantó las palmas y las estudió a la luz tenue.

—¿Qué pasa? —preguntó Milly—. Te agitabas mientras dormías. ¿Estás bien?

Él apoyó los brazos en sus rodillas levantadas mientras recuperaba el aliento. Aún le ardían los pulmones, como si hubiera estado luchando por respirar.

—Es... —hizo una pausa, dándose cuenta de que había estado a punto de confesar su vergüenza más profunda. Le había hablado a ella una vez acerca de los sueños, pero no le había dicho lo mucho que lo afectaban. Cómo temía cerrar los ojos a veces por la noche porque le aterrorizaba lo que pudiera ver. Un hombre no debería admitir sus miedos, y menos ante una mujer. Pensaría que él era incapaz de protegerla.

—¿Qué? —insistió ella.

—Solo un sueño —dijo él finalmente—. Siento haberte despertado.

—¿Solo un sueño? —repitió Milly— Era una pesadilla sobre la guerra, ¿verdad?

Él no podía responder a eso, admitirlo sería una debilidad.

Una mano elegante se posó en su hombro, el toque era dulce y reconfortante. ¿Cuándo una mujer lo había tratado así? Una caricia que no pretendía atraer ni seducir. Eso lo hizo sentir aún más hambre por ella, tan solo de pensar en el corazón bondadoso que ella ocultaba al mundo bajo su dura apariencia.

Estoy empezando a comprenderte, esposa. Él casi sonrió. Casi. En lugar de eso, cubrió la mano de ella con la suya, estrujándola suavemente antes de soltarla.

—Deberías intentar dormir —ella le apartó el cabello de los ojos y él suspiró ante la sensación—. No puede haber más pesadillas —le susurró ella cerca del oído—. No cuando vuelves a casa. Este es un lugar seguro, tu propia habitación, tu propia cama —lo sorprendió dándole un beso en la mejilla y luego lo volvió a meter en la cama junto a ella, acurrucando su cuerpo alrededor del suyo.

Él se sentía seguro. Como si las palabras de Milly lo hubieran hechizado con paz y confianza.

Estoy en casa. No en África. La guerra ha terminado. Estoy en casa. Cuando Owen volvió a cubrirse con las mantas, rodó para mirar a Milly. Sus pestañas estaban caídas parcialmente y se cubrió la boca con un puño para ahogar un pequeño bostezo.

¿Ella tenía miedo de estar aquí? ¿En una tierra extraña, en una cama extraña con un extraño? La mujer era muy valiente, y solo estaba cumpliendo con su deber, como muchos cientos de miles de mujeres habían hecho antes. Qué tonto había sido al pensar que las mujeres no sabían nada de sufrimiento, miedo o sacrificio. Y Milly no había tenido que decir ni una palabra para demostrarle dónde residía su fuerza.

—Siento mucho haberte despertado —él volvió a disculparse.

—No te disculpes —murmuró somnolienta—. Me alegro de haber podido ofrecerte algo de consuelo como tú has hecho por mí.

Owen tenía mil palabras en la punta de la lengua, pero no tuvo valor para pronunciarlas. En lugar de eso, le cogió la barbilla y le levantó la cara para darle un prolongado beso en los labios, saboreando ese momento de tranquilidad entre los dos. El día de mañana llegaría muy pronto y, con él, otra batalla para ganarse el corazón de Milly.

Capítulo Diez

—¿**I**ntentas matarme, mujer? —el áspero gruñido de Owen se convirtió en una violenta tos cuando una enorme ola de polvo atravesó la habitación directamente hacia él. Parpadeó y miró a su mujer, quien estaba tirando de una gruesa cortina verde de las altas ventanas de la biblioteca. La luz del sol atravesaba la habitación, golpeando las altas estanterías y las interminables filas de libros. Las motas de polvo bailaban entre los rayos de sol mientras Milly echaba las cortinas hacia atrás.

—No intento matarte, no seas tan dramático —murmuró Milly mientras cogía un gran sacudidor de mimbre y golpeaba la cortina. Otra nube de polvo estalló alrededor de ellos. Milly no tosió... Owen se quedó mirándola, ¿cómo demonios no había tosido? Entonces se dio cuenta de que su cara se estaba poniendo ligeramente roja.

—Será mejor que no te olvides de respirar, cariño —añadió él desde una distancia segura al otro lado de la habitación, porque la mirada asesina que ella le dirigió le aseguró que, si él se hubiera acercado más, recibiría un golpe del sacudidor.

Ella se apartó de la cortina y suspiró.

—¿Vas a quedarte ahí o vas a ayudarme?

—Yo...

—Y contesta con cuidado, esposo, porque no voy a estar golpeando estas cortinas yo sola —ella agitó el mango de mimbre con la misma eficacia que un maestro esgrimista lo haría con su florete.

De repente, Owen se echó a reír. Había algo absolutamente encantador en su bella esposa empuñando un batidor y amenazándolo mientras lucía divina con unas pequeñas botas negras, una falda de seda azul oscuro y una blusa blanca. Su cabello capturaba perfectamente la luz del sol y el polvo que se acumulaba en su coronilla brillaba como polvo de diamante. Owen se quedó sin aliento ante la mezcla de su gloriosa ferocidad y belleza. *La que debe ser obedecida...*

—¿Qué es tan gracioso? —Milly volvió a golpear la cortina antes de atacarlo verbalmente. Owen esquivó la mesa de lectura más cercana, con cuidado de no acercarse por si ella lanzaba el objeto hacia él.

—Eres muy atractiva cuando te enfadas conmigo, ¿lo sabías? —bromeó, con una sonrisa malvada curvando sus labios.

—¿Atractiva? Owen, ¡maldita sea! ¿Llevamos una semana limpiando la casa y tú estás pensando en mi aspecto?

Era verdad. Era completamente culpable de pensar en ella y llevarla de nuevo a la cama. Durante los últimos siete días, ellos habían estado trabajando hasta el cansancio cada noche, limpiando cada centímetro de la casa y poniéndola en orden, pero tan solo habían hecho la mitad del trabajo y ni siquiera habían empezado con los jardines. Normalmente, Owen se enorgullecía de su resistencia, pero cuando ambos se desplomaban en la cama, se iban directamente a dormir y no era hasta la mañana siguiente cuando él podía tomarse su tiempo y hacerle el amor. Milly alcanzando el clímax bajo él a la luz del sol de la mañana era realmente una belleza. Por supuesto, en cuanto empezaban a limpiar, no podía evitar discutir con ella, aunque él se divertía un poco cuando no estaban de acuerdo en casi nada. Pero, como él se alegraba de comprobar, ellos estaban *aprendiendo* a hablarse y a trazar un camino mutuo como compañeros y no como adversarios.

—Milly, cariño, admito plenamente que pensar en ponerte de espaldas es lo único en lo que he pensado desde que salimos de la cama esta mañana.

Un mechón de pelo se escapó de su elegante peinado y cayó sobre sus ojos. Ella inclinó ligeramente la cabeza y su mirada se suavizó.

—¿En serio? —susurró ella.

Owen intuyó que había un peligro en esta respuesta, como si decir que el sexo era lo único en lo que él pensaba pudiera molestarla, pero sabía que las mujeres también querían saber que eran deseadas. Decidido a desafiar la ira de su pequeña arpía, él rodeó la mesa para arrebatarle suavemente el sacudidor. Después de depositarlo sobre la mesa de lectura, le cogió la cara con las manos y se inclinó para darle un ligero beso en los labios antes de hablar. Owen sonrió cuando ella cerró los ojos por un breve instante al perderse en su beso.

—Lo que quiero decir es: tú eres lo único en lo que pienso, en la cama y fuera de ella. Hacía siglos que no me divertía tanto, hacer avances rápidos en la casa contigo y pasar tiempo a tu lado ha sido maravilloso.

Los llamativos ojos azules de Milly se abrieron de par en par, y sus labios se entreabrieron.

—¿No lo dices por decir? Pensé que yo te había aburrido cuando estuvimos hablando anoche durante la cena.

—¿Aburrirme? Cielos, no, me ha encantado escucharte hablar.

Owen la había escuchado hablar durante casi una hora sobre sus sueños, sobre cómo ella anhelaba enseñar a leer a los niños no privilegiados, especialmente a las niñas. Al principio lo había sorprendido escuchar eso, que una mujer de su linaje y alta cuna estaría interesada en rebajarse a enseñar a niños de pueblo, pero luego, cuando pensó en ello y en ella más detenidamente, se dio cuenta de que cada vez la comprendía mejor. Milly quería libertad, quería una vida más allá de ser una esposa y él no podía culparla por ello. Pero ella siempre quiso dar esa libertad a otras chicas. Aumentar la alfabetización sin duda daría a esos niños la oportunidad de crecer y vivir una vida mejor que la de sus padres. Si alguien hubiera intentado cortarle las alas a él, se habría sentido asfixiado y no le deseaba ese destino a nadie, y menos a su mujer.

—He disfrutado mucho escuchándote. Tú eres libre de hablarme de *lo que sea*.

Ella bajó las pestañas y enroscó los dedos alrededor de las muñecas de Owen mientras él seguía sosteniendo su rostro entre sus manos. Un rubor tiñó sus mejillas y ella sonrió. Era una sonrisa cálida, no tímida ni fría, e hizo que el corazón de Owen diera un vuelco.

Después de todo, puede que tenga una oportunidad de conquistarla...

—¿Por qué no dejamos las cortinas para otro día? Creo que nos merecemos un respiro, ¿no crees? —él besó la punta de su nariz.

—Eso estaría bien —respondió Milly. Incapaz de

contener los acelerados latidos de su corazón, él le rodeó la cintura con un brazo y la acompañó fuera de la biblioteca. Esta noche, antes de cenar, él podría volver y recoger algunos libros para que ella los leyera. Incluso podría leerlos con ella. Por primera vez en mucho tiempo, Owen tuvo un sentimiento de esperanza. Todo podría salir bien.

Puede que me haya confundido al principio, pero creo que finalmente las cosas están yendo bien.

* * *

—Santo cielo, es un pequeño peludo, ¿verdad? —Milly se quedó un paso o dos detrás de Owen mientras se acercaban a la oveja regordeta y lanuda.

—Él es un buen ejemplo del león de Cotswold — Owen le hizo un gesto a Milly para que se acercara.

La oveja continuó masticando ruidosamente la parcela de hierba marrón verdosa a unos tres metros de distancia.

—¿Y cuántos de estos leones tienes vagando por la finca? —Milly se colocó la bufanda alrededor del cuello y se atrevió a acercarse.

—Tenemos cerca de cien aquí, en la propiedad Wesden, y los granjeros arrendatarios de las tierras circundantes tienen sus propios rebaños más pequeños. Es probable que todo crezca en primavera si la reproducción tiene éxito —Owen se volvió hacia ella y avanzó, ofreciéndole el recodo de su brazo. Él ya le había enseñado gran parte de la casa en la última semana mientras limpiaban y Milly había empezado una lista oficial de todo lo que encontraba defectuoso y que habría que arreglar. La casa necesitaba más sirvientes, comida en sus despensas y habitaciones redecoradas. La lista era interminable.

Pero a Milly le sorprendió que, de hecho, él la ayudara. Había esperado que la dejara sola después de su primera noche en la cama y huyera a Londres para escapar del agotador trabajo de restaurar Wesden Heath. Sin embargo, Owen se había quedado... Durante toda una semana habían trabajado juntos, uno junto al otro, a menudo discutiendo, pero con el tiempo llegando a un acuerdo y arreglando lo que fuera que estuvieran intentando reparar.

Estar cerca de Owen ya no era una molestia, ni la ponía nerviosa. Se sentía más relajada y más ella misma de lo que se había hecho en mucho tiempo. Y por la mañana... cuando él le hacía el amor, la dejaba exaltada y sonrojada como una colegiala, pero no podía evitarlo. Una parte de Milly tenía miedo de confiar en el creciente afecto que sentía por él, pero también sabía que era inevitable, que se iba a enamorar de su esposo. Ella enterraba el miedo a un corazón roto cada vez que él le sonreía y la besaba.

—Podemos ir a la ciudad si quieres. El trayecto es bastante agradable.

Owen no tenía coche, solo alquilaba uno cuando lo necesitaba, pero Milly sabía que ahora podían permitirse uno; ahora tendría que encontrar una forma inteligente de convencerlo de hacerlo. A pesar de su necesidad por el dinero de Milly, ella intuía que él era un poco ahorrador.

—Me gustaría. Hace siglos que no he montado a caballo.

Ella y Owen volvieron a cruzar los campos y llegaron a un muro de piedra que les llegaba hasta la cintura. Él saltó el muro con facilidad y luego se volvió hacia ella para cogerla por la cintura, cargándola hacia otro lado de la valla y luego la dejó en el suelo. Todas las faldas prácticas que Milly había empacado le resultaron, en su mayoría, muy útiles. Lamentablemente, supuso que sus preciosos vestidos para los bailes de noche serían raramente usados. Era una pena, a ella sí le encantaban los bailes, aunque no había tenido la verdadera oportunidad de disfrutarlos. Evitar pretendientes había sido necesario, pero la había privado del placer de bailar, de reír, de ser ella misma.

—¿En qué estás pensando? —preguntó Owen cuando entraron a los jardines frente a la casa.

Ella respondió con sinceridad.

—En bailar. Echo de menos bailar.

Su carcajada la enfureció.

—Podrías haberme engañado. Recuerdo perfectamente que regañaste a Hampton cuando te invitó a bailar.

Milly resopló, liberando su brazo del de Owen mientras se le adelantaba.

—Oh, no, no lo harás —dijo. Le rodeó la cintura con los brazos y la sujetó por detrás.

Chilló sorprendida y golpeó sus manos, pero él la giró y la levantó lo suficiente para que sus botas rozaran la hierba.

—Bájame, Owen. ¡Cielos! —Milly chilló de nuevo cuando la bajó y la giró en sus brazos para que ella lo mirara de frente. La expresión encantada y demasiado engreída de su rostro hizo que ella quisiera darle un manotazo en el pecho. Así que lo hizo, pero no demasiado fuerte.

—¿Por qué no bailas conmigo? —sugirió él.

—¿Qué?

Seguía cogiéndola por la cintura, con un agarre firme pero suave.

—Baila conmigo, Milly. Vamos.

Era imposible negarse a Owen cuando esbozaba su sonrisa. La que hacía que le doliera el pecho y le temblaran las rodillas.

—¿A ti también te gusta bailar?

—Más que nada —respondió él, y luego pareció

reconsiderarlo—. Bueno, hay algo —movió las cejas hacia ella.

—Quieres decir, ¡oh! —ella sintió el rubor al rojo vivo alimentar todo su cuerpo.

—Sí, lo que hicimos anoche es mucho mejor que bailar —Owen mantuvo una mano en su cintura y la otra cogió una de sus manos libres—. ¿Un vals?

Milly solo pudo negar con la cabeza.

—Esto es ridículo. Estamos en medio de un jardín campestre, no en un salón de baile londinense.

—Y es exactamente por eso que debemos bailar.

—Pero no tenemos música. —Milly intentó desesperadamente encontrar otras excusas. Si bailaba con él... su corazón latía desbocado ante la mera idea de lo maravilloso que podría ser.

Owen empezó a cantar, vocalizando un vals familiar. Su voz era hermosa. Arrastrados por el hechizo de su canto y la atracción de sus brazos, empezaron a bailar. El mundo que los rodeaba daba vueltas en una bruma resplandeciente mientras ellos giraban y giraban. La grava del sendero del jardín crujía bajo sus botas, y algún que otro zorzal cantaba al compás de la cautivadora melodía de Owen. Era un bailarín maravilloso que anticipaba el patrón de pasos de Milly como si hubieran bailado juntos durante cien años. Cuando Owen por fin detuvo sus pasos, ella estaba tarareando con él.

—Eso es, ¿ves? Romper las reglas del decoro puede ser divertido.

Ella sonrió. Suponía que bailar en un jardín no era exactamente romper las reglas del decoro, pero nunca pensó que haría algo así. Sin embargo, él tenía razón, había sido divertido.

—Ahora, vamos a la ciudad. Le eché un vistazo a tu lista esta mañana y tenemos mucho que hacer.

Dos horas más tarde, Milly y Owen estaban visitando la última tienda, una pequeña librería, a petición de Owen. No era que Milly hubiera discutido, ya que ella adoraba los libros. Owen no estaba encima de ella mientras Milly recorría las estanterías. La tienda no tenía muchos de los títulos más actuales, pero no era de extrañar. Una tienda pequeña, alejada de Londres, no tenía por qué tener los libros más recientes. Seleccionó algunos títulos clásicos como *Ivanhoe* y *Emma* antes de ir en busca de su esposo. Él estaba de pie junto a la puerta de la tienda, inmerso en una conversación con otro hombre.

Algo en sus rígidas posturas la hizo permanecer oculta, espiándolos desde una de las estanterías.

—Nunca pensé que te vería sentar cabeza, Hadley. ¿Por fin has encontrado una viuda rica a la que no le importa pagar tus deudas? —el comentario mordaz provino del otro hombre, y Owen cerró las manos en puños a sus costados.

—Brandon, estás en terreno peligroso —el tono de Owen era bajo pero duro como el hierro.

Brandon se rio.

—Fuiste demasiado lejos cuando llegaste a un acuerdo con mi hermana. Cuando te echaste atrás, la destrozaste. Ella nunca ha vuelto a ser la misma, sobre todo después del escándalo con su condición —gruñó Brandon—. Ningún hombre la querría, aunque el bebé muriera —lo último lo pronunció con un gruñido despiadado.

Owen retrocedió, con el rostro ceniciento. Milly se cubrió la boca con la esperanza de silenciar su frenética respiración.

¿Un bebé? ¿Él canceló un compromiso y dejó a una mujer embarazada?

—No era mi hijo, Brandon. Terminé con el compromiso porque ella no me amaba. Me dijo que amaba a alguien más. La dejé ir. La persona con la que ella salía la preñó, *no yo* —la furia apenas contenida brilló en los ojos de Owen era tan fuerte que Milly podía verla desde donde estaba.

Brandon enderezó los hombros, mirándolo con desdén.

—Mi hermana no mentiría. Ella dijo que eras tú —Owen mostró los dientes, como un lobo acorralado.

—No voy a ser el chivo expiatorio de Scarlett. Nunca me acosté con ella. No me cargues la responsabilidad.

Brandon dio un paso atrás, pero su voz era gélida.

—Espero que tu nueva esposa averigüe qué clase de hombre eres para que no acabe con un hijo y sola —

luego rodeó a Owen y salió de la librería. Milly intentó esconderse detrás de la estantería, pero Owen miró a su alrededor y la vio. Las emociones que recorrían sus facciones se borraron, y la miró con una expresión fría y vacía.

—Milly, ¿has encontrado algún libro que te guste?

Ella seguía aferrando a *Ivanhoe* y *Emma* a su pecho. Asintió en silencio y pasó junto a él hacia el mostrador de la pequeña tienda para pagar por los libros. Owen se quedó en la puerta, paseándose inquieto. Una vez que ella pagó los libros, los guardó en un pequeño bolso y lo siguió fuera de la tienda. Ninguno de los dos habló durante el trayecto de vuelta a Wesden Heath. Milly no podía quitarse las palabras de la cabeza.

Scarlett. Un bebé...

Cuando llegaron a la casa, estaba tan entumecida por dentro que no se inmutó cuando él la ayudó a bajar del caballo.

—Milly —empezó, y luego se detuvo cuando ella se negó a mirarlo.

—Creo que beberé el té en mi habitación —ella lo rodeó y se apresuró hacia la casa.

—Señora —saludó la señora Nelson, pero Milly pasó corriendo junto a ella escaleras arriba hacia su habitación.

—¿Milady? —Constance saltó del asiento junto al fuego, con un par de botas y un paño de pulido en las manos.

—Oh, por favor, siéntate, Constance —exclamó casi jadeando. ¿Por qué tenía ganas de llorar? No debería, pero las lágrimas estaban ahí, a punto de caer. Nunca olvidaría lo que había escuchado, que Owen era el seductor que ella siempre había temido que fuera. Un hombre de corazón frío que cogía lo que quería y dejaba devastación tras de sí. *Es por esto que me niego a enamorarme. No estoy enamorada de él. No lo estoy.* Entonces, ¿por qué dolía tanto? ¿Por qué la idea de él con otra mujer con la que tuvo un hijo se sentía como un cuchillo en el corazón? Había seducido a esa mujer de la misma manera en que la había seducido a ella, y él había abandonado a esa mujer... igual que la abandonaría a ella. Era demasiado para soportar, su corazón rompiéndose en mil brillantes esquirlas.

La puerta de su habitación se abrió de golpe y Owen entró a grandes zancadas, con una expresión estruendosa en su rostro.

—Discúlpanos, Constance —él se aclaró la garganta e inclinó la cabeza hacia la puerta.

—No, Constance, quédate —suplicó Milly. Su pobre criada miró entre los dos. Owen cruzó los brazos sobre el pecho.

—No te molestaré demasiado tiempo, Milly, pero nosotros *hablaremos.*

Constance salió corriendo hacia la puerta y los dejó completamente solos. Owen cerró la puerta y se apoyó en ella, impidiendo que escapara.

—Owen, no tengo ningún interés en hablar contigo —Milly se sentó en una silla junto al fuego y abrió el bolso que contenía los libros, sacando uno, aunque en realidad no podía leer en un momento así.

Owen ocupó la segunda silla junto al fuego y se inclinó hacia adelante, acercando su silla a la de él. Le arrebató el libro y el bolso de las manos y los arrojó sobre la cama.

—Escúchame. Lo que has presenciado hoy no tiene nada que ver con lo que hay entre nosotros.

Eso encendió en ella una furia idéntica a la de él.

—Está claro que no tiene nada que ver con nosotros. Amaste a otra mujer, la dejaste embarazada y luego te largaste. Gracias a Dios que tú nunca te atreviste a amarme. No quiero ni pensar qué habría sido de mí siendo una mujer tan apreciada por ti.

Los ojos de Owen se entrecerraron hasta convertirse en peligrosas rendijas.

—Scarlett fue una mujer que una vez me importó profundamente. Pero nunca la amé. ¿Me habría casado con ella? Sí. Pero ella no me amaba. Había un joven que llegó al pueblo ese verano, y ella se enamoró de él. Me abandonó por el otro hombre, y yo la dejé. No había razón para mantener atrapada a una mujer que no me amaba.

Milly casi se burló. No era como si él hubiera podido liberarla, ellos ya habían pasado el punto de no retorno.

—Nunca hicimos el amor. Ni una sola vez. Compartimos un beso o dos, pero te juro, Milly, que no fue mi hijo el que dio a luz y perdió —su voz cayó y se volvió áspera—. Te juro por esta casa, por estas tierras que me dan una razón para respirar, que esa es la auténtica verdad.

Milly tenía la garganta tan oprimida que no pudo respirar durante varios segundos. Quería llorar. Quería gritar, golpearlo, mostrarle el dolor que la desgarraba por dentro. Incluso si lo que él decía era cierto, ella ya estaba herida y sangrando.

Owen se puso en pie, con los labios entreabiertos como si fuera a hablar, cuando llamaron a la puerta con urgencia.

—Adelante —dijo él.

El señor Boyd entró, sosteniendo un trozo de papel.

—Telegrama para usted, señor. Acaba de llegar de la ciudad. Urgente.

Owen no cogió el telegrama inmediatamente. Siguió observando a Milly durante un largo rato antes de aceptar el trozo de papel. Cuando lo desdobló y leyó las palabras, gruñó y arrugó el papel en la palma de su mano antes de acercarse al fuego y arrojarlo a las llamas.

—Tengo que ir a Londres esta noche. Alquilaré un taxi en la ciudad y partiré en cuanto llegue.

Ella se tragó el nudo que tenía en la garganta y lo miró. Un agudo dolor se reflejaba en sus facciones, y el corazón sangrante de Milly se estremeció en respuesta.

—Te escribiré. Todos los días. Por favor, al menos

ten la cortesía de leer mis cartas —sus hombros se hundieron y salió de la habitación.

Ella volvió su mirada hacia el fuego y notó que el telegrama no había alcanzado las llamas. Descansaba sobre cenizas grises, intacto. Utilizó un atizador para sacar el trozo de papel y lo aplastó contra el suelo para que pudiera leer el mensaje.

—*Jack está bebiendo otra vez. Necesito que vengas enseguida. Solo tú puedes detenerlo. Hampton.*

¿Jack? ¿Era Jack Watson, el amigo de Owen que fue a la guerra con él? Milly miró fijamente al fuego durante un largo momento, con la nota aún aferrada entre sus manos. ¿Quién era realmente Owen? ¿El hombre libertino que seducía a las mujeres y las dejaba en apuros? ¿O era un buen hombre que lo dejaba todo para ayudar a un amigo? No estaba segura de qué pensar, y solo podía rezar para que la esperanza que albergaba en su corazón fuera cierta. Que Owen fuera el hombre del que ella había empezado a enamorarse. Su corazón latió de manera irregular e intentó recuperar el aliento.

Por favor, no me engañes, Owen. Sé ese hombre que tanto deseo que seas...

La puerta de su habitación se abrió y Constance entró, con los ojos muy abiertos por la preocupación.

—¿Milady? ¿Todo está bien?

Milly se armó de valor y puso una cara valiente.

—Sí. Me gustaría retirarme ahora.

Dejó que Constance la ayudara a desvestirse y se

metió bajo las sábanas, temblando por algo más que de frío. Echaba de menos la cama caliente de Owen, pero echaba aún más de menos a Owen. Cientos de pensamientos se agitaban en su mente y no podía ordenar ninguno de ellos.

Iba a ser una noche sin dormir, larga y fría.

Capítulo Once

Owen se sentía fatal y sabía que su aspecto debió haber sido aún peor cuando los ojos de Leo se abrieron de par en par al verlo. Estaban fuera de una choza bastante desagradable cerca de White Chapel.

—Me alegro de que hayas llegado tan rápido, pero... —Leo se apartó su cabello rubio de los ojos—. ¿Milly está haciendo difícil la vida de casado? —formuló la pregunta con cuidado.

—No quiero hablar de eso. ¿Dónde demonios está Jack? —Owen se quitó el polvo del viaje de las mangas y miró fríamente hacia la puerta de madera del pub. Era un pequeño agujero indescriptible en la pared, en completo estado de ruina.

—Él está dentro. Se negó a salir cuando se lo pedí.

Ha preguntado por ti —los ojos de Leo estaban cargados de tristeza.

—Muy bien, vamos a buscarlo —Owen se abrió camino dentro del pequeño y sucio pub y encontró a Jack enseguida. Él estaba desplomado sobre la barra, con los ojos vidriosos, una botella vacía en una mano y tarareando una vieja melodía. Al principio las notas no eran identificables y estaban desafinadas. Luego Jack se enderezó un poco y le puso más empeño al sonido y la melodía cambió, convirtiéndose en una canción que Owen recordaba. Una canción grabada en sus huesos. Era una melodía que ellos habían cantado durante sus días en África. Una melodía que congeló a Owen durante unos segundos. Era *Goodbye, Dolly Grey*, una canción que él y Jack habían cantado la noche antes de que la mitad de su regimiento pereciera.

El sol cegador, la carne en descomposición, los chillidos de los buitres y el silencio.

Puedo hacerlo. Owen se recordó a sí mismo que la guerra había terminado, que ya no estaba varado en un país extranjero rodeado de sangre y muerte.

—Jack —dijo, su tono suave pero firme mientras se acercaba a su amigo. Hacía meses que no veía a Jack Watson, y los días no habían sido amables con él. Estaba demasiado delgado, sus mejillas demasiado hundidas, su cuerpo, antes musculoso, débil por la falta de comida y ejercicio. Al escuchar la voz de Owen, Jack levantó la cabeza y sus ojos se aclararon un poco.

—Hadley —suspiró y sonrió—. Hampton ha dicho que vendrías. Quería esperarte —hablaba de manera marcada por la bebida.

—Y aquí estoy. ¿Por qué no cenas con Hampton y conmigo? —Owen se apoyó en la barra, bloqueando algunas filas de botellas de licor de la vista de Jack. La taberna estaba vacía, salvo por un anciano en el extremo más alejado de la barra que limpiaba vasos de pinta con un trapo gris.

—Vamos, Jack. Estaría bien cenar, ¿no? —Leo compartió una mirada preocupada con Owen y, cuando Jack se volvió hacia él con fuego en los ojos, Leo retrocedió un paso.

Owen odiaba esto. Él, Jack y Leo habían sido amigos. Grandes amigos hacía mucho tiempo. Tres chicos traviesos en Eton que salían a hurtadillas por la noche para hacer de las suyas de la única manera que los chicos podían. También habían ido juntos a Cambridge, y sus lazos eran aún más estrechos que antes. Pero la guerra había acabado con sus vínculos infantiles. Leo se había ocupado de su finca, mientras Jack y Owen se habían marchado a África para luchar contra los bóeres. Ninguno de ellos había sabido lo que podía esperarles en las costas de África, e incluso Jack, quien alguna vez había sido optimista y despreocupado, se había visto reducido a este ser tan básico. Jack había sido incapaz de dormir, de comer, se encerró en su mundo, dispuesto a morir. Leo se había convertido en el enemigo de Jack porque él no había servido, no podía entender los horrores, los sacrificios, la tragedia de la guerra. Solo Owen los había mantenido unidos a los tres mediante un agarre tan débil como un fino hilo.

—Jack, ¿qué tal si vienes a Wesden Heath y pasas algún tiempo conmigo? —ofreció Owen. Tal como estaban las cosas, eso no podía empeorarlas. Milly había huido de él. Había sido lastimada y se había retraído, tal y como él había temido. No tenía ni una maldita idea de cómo convencerla de que no era un fanfarrón. Si tan solo no se hubiera topado con William Brandon, el maldito imbécil ignorante. Él le había dicho a Milly la verdad sobre Scarlett, pero no había parecido importar. El daño estaba hecho. Ella pensaba lo peor de él. Pasar algún tiempo con Jack no podía ser tan malo como estar tan cerca de su esposa y no tener forma de tocarla o abrazarla. Ella necesitaba un respiro de él para calmarse, y Owen necesitaba tiempo suficiente para averiguar cómo reconquistarla y devolver a su hogar la paz y el confort por los que él había estado trabajando.

—¿Ir contigo? —Jack parpadeó a través de sus ojos empañados.

—Sí. A Wesden Heath. Te haría bien pasar un tiempo en el campo —Owen compartió una mirada con Leo y el otro hombre asintió sutilmente. En el campo, Jack no tendría muchas tentaciones. Podrían tener la oportunidad de mantenerlo sobrio.

—Supongo —se quejó Jack e intentó ponerse de pie.

Lo consiguió antes de que la botella de cristal se le escapara de las manos, rompiéndose en el suelo mientras Leo y Owen se acercaban y cogían a Jack por los brazos, sosteniendo su peso muerto.

—¿Necesitas un taxi para volver a Wesden? —preguntó Leo.

—No, tengo uno esperándome en la esquina. Lo llevaré de vuelta a Wesden después de que él haya tenido más o menos una semana para bajar la borrachera en un hotel —explicó Owen. Sería más fácil dejar que Jack reposara en un hotel con Owen para vigilarlo y luego llevarlo a casa, a Wesden Heath, donde tendría más posibilidades de robar licor de los armarios y esconderlo para consumirlo más tarde. Si Owen podía mantener a Jack confinado en una pequeña habitación sin acceso a nada que no fuera comida y agua, podría conseguir que superara lo peor de su abstinencia.

—Estaré en Londres dentro de unos días por si me necesitas —respondió Leo mientras salían de la taberna y se dirigían hacia el taxi alquilado que esperaba en la esquina.

—Gracias —dijo Owen mientras ayudaba a Jack a subir a la parte trasera del taxi.

Leo se sentó en la parte delantera.

—Iré contigo y te ayudaré a instalarlo.

Owen asintió. El conductor puso en marcha el motor y se dirigió al hotel que Owen le había dado. Juró que, en cuanto llegara al hotel, le escribiría una carta a

Milly. Ella merecía *conocerlo*, entender su vida, su pasado. Tal vez podría perdonarlo por tener un pasado. Nada de eso influía en su vida actual con ella, pero él tenía que hacérselo entender. Owen quería que su matrimonio fuera uno bueno. No una destrucción de sueños como el de sus padres. Ellos se habían casado por deseo de sus propios padres y se habían tolerado lo suficiente, pero nunca había habido un gran amor entre ellos. Quería que su mujer se preocupara por él como él estaba empezando a preocuparse por ella. La pasión y el amor podrían llegar algún día. Eso esperaba.

Ella merece ser amada, amada feroz y apasionadamente. Y yo quiero ser el hombre que la ame...

* * *

Milly se desplomó en un sillón afelpado de la biblioteca. En una mesa cercana había una bandeja con la cena. La señora Nelson le había pedido a la cocinera que preparara otro abundante festín de ternera y sopa, y Milly se preguntó si la mujer estaba intentando engordarla. Ella había pasado todo el día trabajando junto al nuevo grupo de lacayos y criadas para instruirlos y determinar qué reparaciones y limpieza necesitaban las habitaciones. A pesar de que el nuevo personal podía encargarse de la limpieza, ella había trabajado con ellos, incapaz de quedarse quieta. Si lo hacía, pensaba en Owen y eso hacía que le doliera el pecho. Trabajar hasta el cansancio había sido la única forma de mitigar el dolor de su pecho, y Wesden Heath lucía mucho mejor por ello. Habían quitado las viejas cortinas raídas de tres de los dormitorios y habían encargado telas nuevas, las alfombras habían sido sacadas al exterior para ser limpiadas del polvo, y luego habían tallado y pulido los suelos de madera.

El señor Boyd y la señora Nelson se habían resistido al principio cuando Milly había dejado en claro que ella deseaba realizar gran parte del trabajo físico junto con el personal. No les había importado cuando Owen se uniera a ella, pero ahora que había mucha ayuda a su alrededor, los criados habían insistido en que Milly fuera a descansar. A lo largo de la mañana siguiente a la partida de Owen, se habían producido algunas discusiones intensas, pero una vez llegado el nuevo personal, tanto el mayordomo como el ama de llaves estaban demasiado distraídos con la necesaria formación de los nuevos jóvenes y señoritas como para oponer resistencia al nuevo control de Milly sobre la casa. Al cabo de dos días, todos se habían instalado en una rutina de trabajo mientras esperaban el regreso de Owen.

Milly estaba agotada tras los últimos días de duro trabajo y deseaba pasar una tarde tranquila leyendo, sentada en una silla y envuelta en una manta.

La puerta de la biblioteca se abrió y el señor Boyd entró con un paquete en las manos.

—Señora, esto ha llegado con el correo de la tarde —

le entregó el paquete.

—Gracias, señor Boyd. ¿Cómo están los lacayos?

El mayordomo enderezó los hombros con un aire natural que exigía respeto.

—Están bien. Un poco inquietos, pero son muchachos de buen carácter.

Ella se mordió el labio para ocultar su sonrisa.

—Bien. Me alegro de escuchar eso —estudió el paquete en sus manos, viendo el nombre de un hotel como remitente—. Señor Boyd, ¿quién ha enviado esto?

El mayordomo dudó.

—Tal vez el señor Hadley. Se sabe que se hospeda allí cuando está en Londres.

¿Owen? Ella se incorporó, a pesar de las protestas de su cuerpo. Desde que había leído el telegrama, las preguntas se habían ido acumulando, plagando su mente y su corazón mientras se preguntaba dónde y qué estaría haciendo Owen. En el pasado, ella nunca le habría preguntado nada a un criado, no algo tan íntimo sobre su marido, pero sentía que ella y el señor Boyd eran casi camaradas en la batalla por devolver a Wesden Heath su antigua gloria.

Ella enderezó los hombros y habló.

—Señor Boyd, ¿puedo preguntarle algo? Me temo que puede ser un poco personal, pero tiene que ver con mi marido. ¿Qué sabe usted sobre Jack? El señor Hadley recibió un telegrama pidiéndole que fuera a Londres a ayudar a alguien llamado Jack. ¿Supongo que es Jack

Watson? Owen me lo mencionó una vez, pero no sé mucho de él.

El señor Boyd se aclaró la garganta, mirando por una ventana lejana en el extremo opuesto de la biblioteca antes de responder.

—El señor Jack Watson ha sido amigo del señor Hadley desde que eran niños. Lucharon juntos en la guerra. El señor Watson incluso vivió aquí durante un tiempo después de la guerra, pero...

—¿Pero qué? —insistió, clavando los dedos en el brazo de la silla. Milly sentía que estaba cerca de algo, de comprender algún enigma mayor que casi estaba al alcance de su mano—. Por favor, señor Boyd. Necesito saberlo.

Era la primera vez en su vida que ella suplicaba por algo.

—Eh... Mis disculpas, señora Hadley, pero es un asunto delicado y no apto para oídos de damas bien educadas.

Milly estuvo a punto de sonreír ante su actitud protectora hacia ella, incluso en tan pequeña medida, pero necesitaba la verdad.

—Señor Boyd, le aseguro que no soy una flor delicada; por favor, continúe.

Él vaciló, pero después de otra mirada suplicante de Milly, continuó:

—El verano que el señor Watson pasó en Heath, el señor Hadley había estado comprometido con una joven del pueblo. Hubo algunos disgustos durante ese verano, y el señor Watson se marchó en el otoño, justo antes de que el señor Hadley rompiera el compromiso y regresara a Londres por un tiempo.

—¿Una joven en la ciudad? —repitió débilmente mientras los oídos le zumbaban—. ¿Esa joven sería Scarlett Brandon?

El inmediato rubor en las mejillas del mayordomo fue la única respuesta que ella necesitó.

Tuvo que preguntarse si Owen le había dicho la verdad. ¿Scarlett se había enamorado realmente de otro hombre? Si lo había hecho, entonces, ¿por qué no se había casado con él? ¿Y ese hombre había sido el señor Watson?

—¿Por qué el señor Watson abandonó Wesden Heath? —si Jack era el hombre del que Scarlett había estado enamorada, Milly necesitaba saber por qué se había marchado sin casarse con ella. Sabía que un hombre no necesitaba una razón para abandonar a una mujer, lo hacían todo el tiempo. Pero sus instintos le susurraban que había una razón.

—Creo que hubo alguna discusión sobre si el señor Watson se creía a sí mismo una pareja adecuada. Verá, él sufre bastante del síndrome de Da Costa, debido a la guerra, señora. No deseaba tener una esposa que soportara sus melancólicos estados de ánimo.

—Oh... —dijo ella, con el atisbo de un dolor retorciéndole el corazón.

Ella no podía olvidar la noche en que Owen se había despertado con un sudor frío empapándole la piel, murmurando que necesitaba perdón. Él se había estado ahogando y eso la había asustado y entristecido. ¿Lo que Jack Watson enfrentaba era peor que eso? Si era así, Milly podría ver cómo un hombre dudaría en casarse...

—¿Eso sería todo, señora? —preguntó cortésmente el señor Boyd.

—Sí, gracias —cuando se quedó sola, estudió el paquete y lo desenvolvió con cuidado. Era una primera edición de *Allan Quartermain*, de H. Rider Haggard. Una carta estaba metida en el interior de la portada y abrió el libro, sintiéndose envuelta al instante por el aroma de las páginas enmohecidas. Un olor que ella adoraba porque le hacía pensar en la biblioteca de Pepperwirth Vale. La carta era de Owen y, al empezar a leer, ella pudo escuchar su voz, tal vez porque ansiaba oírlo hablar.

Milly,

Espero que estés leyendo esto. Odié la forma en que nos separamos anoche. No te ofrecí una explicación completa de los comentarios del señor Brandon, ni te expliqué el motivo de mi precipitada partida. Me reprendo por ambas acciones. En cuanto pueda, te lo explicaré todo. Pensaba mantener estas cosas en secreto, tal vez porque en verdad no son mis secretos para contar. Pero sé que la verdad debe existir para nosotros y no puedo ocultártela. Hay mucho entre nosotros, más que nuestro matrimonio. No deseo dañar lo que estamos construyendo. Por favor, considera Allan Quartermain como un regalo, una súplica por tu perdón. Comprendo que te has visto obligada a dejar atrás tu propia biblioteca. Si me lo permites, pasaré el resto de nuestras vidas llenando la biblioteca de Wesden Heath con todos los libros que tu corazón desee. No soy el hombre más elocuente cuando se trata de hablar desde mi corazón, pero sé que la idea de perderte me llena de un fuerte dolor. Por favor, dame la oportunidad de ganarme tu confianza y tu corazón.

Sinceramente tuyo,

Owen

—Dame la oportunidad de ganarme tu corazón —murmuró las palabras en voz alta y notó que sus labios temblaban con una pequeña sonrisa. El hombre dijo que no era elocuente cuando se trataba de asuntos del corazón y, sin embargo, la estaba cortejando con sus palabras.

Milly volvió a centrar su atención en su regalo y acarició el lomo del libro antes de permitirse ojear la primera página. Un buen libro tenía la capacidad de borrar los problemas que uno tuviera, aliviar el dolor y aligerar el corazón. Ella quería leerlo enseguida, pero sabía que tenía algo más importante que hacer primero.

Unos minutos más tarde, tenía papel y bolígrafo, lista para responderle a Owen.

Owen,

Si no te has dado cuenta hasta ahora, soy bastante

terca, pero no carente de sensibilidad. Hace unos días no comprendía totalmente la situación. Ahora estoy mejor informada sobre el señor Brandon y su hermana, así como de la verdad que me dijiste sobre tu implicación en el asunto de la situación de ella. Tu deber es cuidar del señor Watson. Sí, lo sé todo. Fui capaz de averiguar esta información gracias al señor Boyd. No te enfades con él. Él no traicionó ninguna confianza. Yo me quedaré aquí, con Allan, esperando tu regreso. Por favor, escríbeme todos los días como has prometido. Yo te contestaré.

Milly hizo una pausa, luego decidió añadir una nota rápida sobre los progresos que había hecho en la casa y cerró la carta con *"Tu Milly"*. Le pareció una tontería, incluso una niñería, pero no pudo atreverse a tacharlo. Llamó a uno de los nuevos lacayos y le dio instrucciones para que la enviara a Londres, al hotel de Owen, y luego se dispuso a cenar y a leer.

Eso no borró su anhelo por él, ni el hecho de que se hubiera encariñado con la forma en que él la molestaba o la desafiaba a hacer o intentar cosas que normalmente no haría. Pero había algo más. Él amaba Wesden como ella amaba Pepperwirth Vale. Y verlo tan enamorado de un lugar la hacía sentir como un espíritu afín con él. Mordisqueó un bocado de pan y se arropó más firmemente con la manta mientras abría de nuevo la novela. La noche parecía un poco menos solitaria cuando sintió al regalo de Owen transportarla a las lejanas tierras de África.

Capítulo Doce

Habían pasado diez días desde que Owen había dejado sola a Milly y había ido a rescatar a Jack. Había pasado su tiempo leyendo las respuestas que ella le había enviado mientras Jack dormía. Owen apenas podía creer que ella le hubiera contestado de verdad.

Owen estaba recostado en la cama de la habitación del hotel mientras Jack empacaba su maleta. Owen levantó la última carta que había recibido la noche anterior. Ella le había escrito todos los días, sin esperar siquiera respuestas a sus cartas y él había hecho lo mismo. No quería pensar en la fortuna que había gastado en contratar mensajeros para ir y volver a Wesden con sus cartas.

La última carta se desdobló en sus manos y volvió a leer las palabras, sin poder evitar sonreír.

Owen,

He limpiado finalmente un gran desorden en los áticos. Me encantaría burlarme de ti por tener murciélagos en el campanario, pero imagino que encontrarías alguna forma de decir que yo los traje conmigo de Pepperwirth Vale. Las criadas se han llevado un buen susto, habrá que convencerlas para que limpien allá arriba. Echo de menos tus bromas. Pensé que odiaría eso de ti, que te burlaras de mí, pero, como siempre, me demuestras lo contrario. ¿Sabes lo frustrante que es eso para una mujer que ha jurado que no le iba a gustar el marido con el que la obligaron a casarse? Supongo que tendré que perdonarte por eso.

Owen resopló. Su Milly lo estaba perdonando por haberla arruinado. Ahora que había llegado a conocerla, que había visto realmente quién era bajo su fachada fría... la habría elegido a ella antes que a Rowena sin pensárselo dos veces y habría elegido arruinarla si hubiera tenido que volver a hacerlo. Aunque probablemente nunca debería decírselo. Volvió a centrarse en la carta.

¿Cómo está Jack? Espero que esté mejor. Creo que traerlo a casa, a Wesden, podría hacerle bien. Entonces ambos podremos cuidar de él. Te echo de menos, y me temo que la biblioteca de tus padres tiene una gran carencia de literatura. Cuando vuelvas a casa, me llevarás a la ciudad a por libros, ¿verdad? Quizá por fin te tiente para que leas Ella.

La tinta se había secado un poco y luego él había visto una mancha más oscura, como si Milly hubiera hecho una pausa y luego hubiera empezado a escribir de nuevo.

He estado hablando con el director de la escuela del pequeño pueblo de Helena, no muy lejos de Wesden, y creo que él me dejará ayudar en la enseñanza de las niñas. Habrá que convencer a sus padres, pero me gustaría hacer esto.

Milly iba a cumplir su sueño, el que le había susurrado durante una de las veladas después que ambos se mataran trabajando en la casa y los jardines. Él no se había atrevido a reírse ni a burlarse de sus esperanzas de mejorar la vida de otras chicas. Eso lo había sorprendido, pero luego había sentido un ardiente orgullo en el pecho ante la esperanza de Milly de cambiar el mundo, un niño a la vez. Cuando regresara a Wesden, haría todo lo posible por ayudarla.

Él rozó con el pulgar las últimas palabras de la carta.

Vuelve pronto a casa, esposo. Las noches son frías y solitarias sin ti aquí.

Tu Milly.

Su cara realmente dolía de lo mucho que estaba sonriendo. *Mi Milly.*

Dobló con cuidado la última carta y recogió la pila de las otras que ella le había enviado, tarareando suavemente mientras las guardaba en el bolsillo de su abrigo. Jack estaba colocando las camisas en una maleta de viaje. Seguía demasiado pálido, demasiado delgado, pero sus ojos brillaban, y no por la bebida o la fiebre.

—¿De verdad quieres que vaya a casa contigo mientras te estás instalando con tu novia? —Jack le dedicó una sonrisa encantadora, la sombra de una sonrisa que había roto muchos corazones, incluido el de Scarlett Brandon.

—Sí. Lo que te ha ocurrido, Jack, está en mis manos detenerlo. Por lo tanto, volverás conmigo y, sobre todo, le harás una visita a la señorita Brandon.

Ante esto, Jack se congeló.

—¿Scarlett?

Owen asintió mientras ordenaba su propia maleta de viaje.

—Sí. Una visita. Si deseas volver a verla después de eso, me alegraría, pero le debes una visita a la mujer.

Durante los últimos diez días, Jack había estado salvaje, débil, gritando hasta que su voz se había quebrado, pero con solo una pronunciación del nombre de Scarlett el hombre pareció capaz de caer fulminado por una ligera brisa.

—Yo no... —Jack se pasó una mano por el cabello y sacudió la cabeza.

—Lo harás. Mi esposa y yo discutimos por Scarlett porque ella no conocía la historia completa. Visitarás a Scarlett porque me lo debes.

Jack tragó saliva.

—Muy bien. ¿Estás listo?

—Sí. El taxi debería estar esperándonos.

Pagó la cuenta del hotel y luego él y Jack subieron al taxi alquilado. Durante todo el trayecto de Londres a Wesden, Owen ensayó mil cosas en su mente y releyó las cartas de Milly. En los últimos diez días, ella se había abierto lentamente a él, había mostrado ese lado suave, compasivo e inteligente, pero él también había visto lo que el padre de Milly le había dicho que buscara. Una compañera. Ella sola había reorganizado la contabilidad de la casa, había contratado nuevo personal y estaba restaurando la casa de la infancia de Owen para devolverle su antiguo esplendor. ¿Cómo no iba a apreciar a una mujer que era capaz de hacer eso?

Cuando el taxi llegó a la casa, ya era tarde. Owen le dio un golpecito en las costillas a Jack, despertando a su amigo.

—¿Qué? Oh —Jack bostezó y se estiró antes de salir delante de Owen.

El señor Boyd estaba allí para recibirlos en la puerta. Cuando entraron al salón, Owen se detuvo. Las lámparas eran tenues, pero brillaban, el olor a humedad ya no estaba presente, las alfombras parecían brillantes, y las barandillas y los suelos estaban relucientes por el pulido.

—¿Señor? —preguntó Boyd, alzando sus oscuras cejas en señal de preocupación y duda.

—La casa... —Owen sabía que Milly había estado haciendo progresos, pero no podía creer lo visible que era el trabajo. Incluso el viejo reloj de pie de la base de la escalera estaba funcionando. Hacía años que el reloj no funcionaba.

—La señora Hadley ha sido muy eficaz, señor.

Owen rio encantado.

—Ya lo veo —lograr que su casa volviera a parecer cálida y acogedora... no lo había creído posible—. ¿Dónde está la señora Hadley? —miró a su alrededor, con la decepción acuchillándolo. Había esperado... tontamente que Milly lo hubiera estado esperando.

—La señora está en la biblioteca, señor.

—¿La biblioteca?

La cara del señor Boyd enrojeció.

—Sí, señor. Ha dormido allí todas las tardes desde su partida.

—Ahh... —Owen se aclaró la garganta—. ¿Por qué no ayuda a que el señor Watson se instale y yo iré a buscarla?

—Muy bien, señor —el señor Boyd condujo a Jack escaleras arriba mientras Owen se quitaba el abrigo y los guantes, entregándoselos a un lacayo que lo esperaba. Uno nuevo a quien no reconoció.

—¿Cómo te llamas?

—Stephen Parker, señor —el lacayo cogió el abrigo y los guantes.

—Stephen, encantado de conocerte. ¿Podrías hacer que la cocinera envíe una cena al señor Watson y una bandeja para dos a mi habitación?

—Por supuesto, señor —el muchacho se apresuró.

Owen sonrió ante la exuberancia del joven antes de dirigirse a la biblioteca. Era la habitación menos utilizada de Wesden. Su familia nunca había sido muy aficionada a la lectura como pasatiempo, pero ahora él le tenía un nuevo aprecio. Después de haber pasado los últimos diez días ayudando a Jack, vigilándolo mientras se liberaba de la influencia de la bebida, Owen se había visto obligado a leer para pasar el tiempo. Había enviado a Leo a la librería más cercana para que le comprara una colección de novelas de Haggard. Había llevado consigo el ejemplar de *Ella* de Milly, pero quería leer otros del mismo autor. La lectura de *Ella* lo había cambiado, o más bien su forma de entender a Milly. La historia de *Ella* era hermosa y trágica a la vez. Era más que una simple novela de entretenimiento. Milly tenía un gusto excelente para la literatura y él pensaba dejar que ella convirtiera la biblioteca de Wesden en una sala de la cual ambos disfrutarían.

Cuando él llegó a la biblioteca, encontró la puerta entreabierta. La luz del fuego parpadeaba contra las paredes y las estanterías cuando abrió la puerta de un empujón. Milly dormía acurrucada bajo una manta de lana en una silla junto al fuego. Owen pisó suavemente la alfombra mientras se acercaba a ella. Llevaba el cabello suelto sobre los hombros en deliciosas ondas castañas. Sus manos se sacudieron ante la necesidad de hundir los dedos en sus suaves rizos. Un libro, el que él le había enviado, *Allan Quartermain*, estaba abierto sobre su regazo. Sus labios se curvaron en una sonrisa mientras se inclinaba, dejaba el libro a un lado y cogía a su mujer entre brazos. Él empezó a caminar y estaba a medio camino de su habitación cuando ella se movió.

—¿Owen? —se cubrió la boca al bostezar y parpadeó, mirándolo. Él adoraba sus ojos, la forma en que el azul brillante se suavizaba hasta convertirse en un negro aterciopelado cuando ella estaba en la oscuridad.

—No quería despertarte —se disculpó justo en cuanto llegaron a su habitación. Afortunadamente, Evans estaba allí, sosteniendo la puerta abierta para ellos.

—Stephen acaba de traer su comida, señor. Rica y caliente —Evans le aseguró antes de señalar la cama con la cabeza—. Constance ha tendido para usted el camisón de la señora. Llámenos si nos necesita.

—Buenas noches, Evans —Owen bajó a su esposa a la cama y se sentó a su lado mientras Evans salía y cerraba la puerta tras ellos.

—¿Qué hora es? —Milly se sentó e intentó peinarse el cabello con los dedos.

—Es tarde. Acabo de llegar. Jack está en una habitación al final del pasillo.

Al mencionar a su amigo, Milly extendió su mano y la colocó sobre la suya, el tierno gesto hizo que su corazón se acelerara.

—¿Cómo está? No pude saber mucho a través de tus

cartas —su mirada escrutadora lo llamó, y se inclinó hacia ella, rozándole la frente con un beso.

—Mejor. Él se quedará aquí un tiempo, hasta que me asegure de que no volverá a caer en malos hábitos.

Ella asintió y estrujó suavemente su mano.

—Lo que has hecho ha sido muy valiente. El señor Watson tiene suerte de tenerte como amigo.

Él se encogió de hombros.

—Jack sufre más que yo. La guerra no solo le ha dejado cicatrices, sino que lo ha destruido. Siento como si... —se le hizo un nudo en la garganta y apartó la cara, incapaz de admitir su vergüenza secreta. Ella lo despreciaría por ello.

—¿Qué? Háblame, por favor —ella se acercó y lo rodeó por detrás con sus brazos, apoyando la mejilla en su hombro. El abrazo, tan suave y reconfortante, eliminó la última barrera dentro de él que mantenía su corazón a salvo de ella.

—Cuando veo a Jack, veo lo destrozado que está por lo que afrontamos durante la guerra... y yo tengo unas cuantas pesadillas inofensivas y no puedo evitar preguntarme qué dice eso de mí. ¿Es mi corazón tan duro que las cosas que lo atormentan a él, no me atormentan a mí? ¿Qué clase de hombre soy, que mi espíritu está magullado en lugar de roto? Nos enfrentamos a los mismos hombres, luchamos en las mismas batallas y nuestras manos se cubrieron con la misma sangre inocente. ¿Por qué yo no estoy también atrapado dentro de lo mismo que él?

Milly no habló durante tanto tiempo que Owen pensó que no lo haría, pero cuando ella por fin lo hizo, su voz fue un delicado susurro cerca de su oído.

—Cuando te conocí, yo creí que eras un seductor sin corazón, empeñado en asegurarse una fortuna.

Él cerró los ojos. La visión que ella tenía de él era oscura y demasiado real.

—Pero estaba equivocada. Muy equivocada —la voz se le entrecortó e hizo una pausa—. Todo lo que tú haces viene desde un lugar de amor. Amor por tu hogar, por tus amigos, incluso por tus sirvientes. Nunca he conocido a un hombre que actúe con el corazón como tú lo haces. Lo que menos eres es un insensible.

Giró la cabeza para mirarla, y una pequeña lágrima escapó de uno de los ojos de Milly y resbaló por su meji- lla. Él deslizó un dedo por la lágrima y se inclinó para acariciarle la mejilla con la nariz.

—Quiero besarte ahora mismo. ¿Me dejarías?

Ella asintió y le rodeó el cuello con los brazos mien- tras él se movía en la cama para quedar frente a su rostro.

—Me gustaría que hicieras algo más que eso, esposo —una sonrisa traviesa curvó sus labios y calentó sus ojos.

—Gracias a Dios —se rio contra sus labios justo antes de besarla.

Sus labios se entreabrieron y él aprovechó para

introducirle la lengua en la boca. Ella gimió animada y le correspondió beso a beso. Las manos de Milly tiraron de su ropa, de su chaqueta, su camisa y la parte delantera de su pantalón. Su propia ropa era un poco más complicada, y Owen tuvo que deslizar una mano por debajo de ella para desabrocharle la falda antes de que Milly pudiera quitársela. Nunca había estado tan desesperado por tener a una mujer completamente desnuda bajo él como en ese momento. Milly se rio, aparentemente contenta de dejarlo forcejear con su ropa.

—¿Me echas una mano, cariño? —gruñó mientras luchaba con los lazos del corsé.

—Muy bien —dijo sin dejar de reír, pero ya sin aliento. La expresión iluminaba su rostro y su belleza, habitualmente solemne, era ahora suave y femenina. Sus ojos estaban soñolientos y sus mejillas enrojecidas con un delicado tono rosado mientras abrazaba su pasión. Él se detuvo en seco, con las manos clavadas en sus zapatos mientras la miraba con asombro—. ¿Qué? —preguntó ella, frunciendo las cejas, y su sonrisa empezó a decaerse en las comisuras.

—Es solo que... —le costó encontrar las palabras—. Eres tan encantadora que me has dejado sin aliento —lo decía en serio. Mirarla lo hizo sentirse un poco mareado.

Sus labios formaron una especie de mueca encantadora mientras lo miraba fijamente.

—Entonces, ¿por qué has dejado de desvestirme? —preguntó, aún confundida.

Owen reanudó su trabajo en los lazos, esta vez más seguro de sí mismo. Cuando levantó su mirada hacia ella, no pudo evitar esbozar una sonrisa engreída.

—Estaba saboreando el hecho de que eres mía, mi esposa, mía para llevarte a la cama, mía para hacerte el amor —liberó el corsé y ella levantó los brazos mientras él se lo quitaba. Ahora solo le quedaba una camisola de gasa sin mangas. Sus pechos apenas se ocultaban bajo la fina tela—. Es hora de que nos conozcamos mejor —murmuró con una risita burlona antes de levantarle la camisola y quitársela. Milly jadeó y levantó los brazos para cubrirse los pechos, pero él capturó sus muñecas y las sujetó suavemente por encima de su cabeza mientras trazaba un camino con mordidas hasta sus senos. Succionó cada uno de sus sensibles pezones hasta que se estremecieron contra su lengua. Jadeaba bajo él, sus suspiros y gemidos de ánimo le mostraban lo que a ella más le gustaba. Él quería enseñarle todos los placeres que podían existir entre un hombre y una mujer.

Owen bajó por su cuerpo, mordisqueando y lamiendo las curvas de sus pechos, el vientre ligeramente curvado y bajando hasta el lugar entre sus muslos.

—¡Owen, no puedes! —protestó Milly, pero cuando él se acomodó entre sus muslos, vio la excitación y el miedo brillar en sus ojos.

—No me tengas miedo. Solo habrá placer entre nosotros —él separó sus pliegues femeninos y la lamió.

Las caderas de Milly se sacudieron salvajemente y estuvo a punto de caerse de la cama. Su pequeño grito ahogado de placer lo hizo reír. Ella estaba aprendiendo a responderle sin pensar, a bajar sus barreras—. Cierra los ojos —murmuró y continuó lamiéndola, deslizando la lengua dentro de ella y moviéndola en círculos. Se apoyó en un brazo e introdujo suavemente un dedo en su interior mientras acariciaba la pequeña perla que se asomaba entre sus pliegues. Eso fue todo lo que necesitó para que ella lanzara un grito. Milly se llevó el puño a la boca para ahogar el sonido. Algún día él le enseñaría que no tenía que silenciar sus sonidos de placer. Algún día.

Owen volvió a subir por su cuerpo, sintiéndose como un auténtico dios del éxtasis. Ella suspiraba y jadeaba bajo él y sus pestañas se agitaban salvajemente.

—¿Quieres intentar algo diferente?

—¿Diferente? —sus labios temblaron mientras seguía respirando con dificultad.

—Mmm —él bajó la cabeza para besarle el cuello y luego el hombro.

—Oh, eso se siente... bien —gimió ella, con las uñas clavadas en su espalda mientras lo arrastraba más cerca. Se colocó encima de ella y se introdujo en su interior. Compartieron un suave suspiro de satisfacción cuando sus cuerpos se conectaron por completo. Pero no esperó a que ella se moviera, sino que giró sus cuerpos para que se posicionara encima de él. Milly se aferró a sus hombros, mirándolo hacia abajo con sorpresa—. ¿Yo encima? —preguntó, con auténtica sorpresa en su rostro —. ¿Esto es... aceptable?

Owen levantó las caderas de ella, saliendo, y luego la empujó hacia abajo, penetrándola. Milly emitió un pequeño gemido y sonrió aturdida.

—Es aceptable, si te gusta la sensación. ¿Te gusta? — preguntó él, y repitió el movimiento.

Milly se mordió el labio y asintió, empezando a levantar las caderas por su cuenta y volviendo a bajarlas de golpe. Owen cogía firmemente su trasero, dando ligeros golpecitos en una nalga con la palma de la mano. La tentadora visión de sus pechos rebotando contra su torso mientras hacían el amor le hizo casi imposible concentrarse en no correrse demasiado pronto. Esta mujer tenía el poder de deshacerlo, y ella no tenía ni idea de lo peligroso que era.

Me he enamorado de mi esposa. La idea lo asaltó justo cuando él aumentó sus embestidas hacia arriba mientras ella bajaba las caderas. Se movían al unísono, sus cuerpos trabajaban juntos en perfecta sincronía. Era todo lo que él había soñado sentir con una mujer, y no se trataba solo de estar en la cama con ella. Lo que él sentía ahora mismo provenía de algo más profundo, de los momentos que ellos habían compartido hasta llegar a esto. Las sonrisas silenciosas, las palabras susurradas, las historias compartidas, su trabajo conjunto para restaurar su casa a su antigua gloria... Milly era perfecta... para él. *¿Cómo no voy a amarla?*

* * *

¿Cómo podía algo sentirse tan bien? Milly se entregó por completo al momento y a su propia pasión.

—Dame tus manos —dijo ella.

Owen levantó las palmas de las manos del cuerpo de Milly y las sostuvo junto a su propia cara. Ella se movió un poco, girando las caderas, y le cogió las manos, palma con palma. Él entrelazó sus dedos con los de ella mientras Milly clavaba sus manos unidas en la cama. Se movieron juntos, compartiendo miradas, compartiendo la respiración. Iniciaron una deliciosa subida hacia el placer. Cuando se inclinó para besarlo, ella sintió que su cuerpo estallaba en mil pedazos antes de volver a unirse. Siguió besándolo mucho después de que él se hubiera corrido debajo de ella.

Había pocas cosas en el mundo que ella creyera que querría hacer para siempre, pero besar a Owen, así, mientras estaban íntimamente unidos, era una de ellas. Puro y simple. Nada podría ser mejor que esto. Ella finalmente comprendía por qué la mujer se arriesgaba al escándalo. Era para que algún día ellas fueran libres de actuar como los hombres, para disfrutar de la vida y no estar atrapadas en ella.

Owen profundizó el beso y Milly cerró sus paredes internas a su alrededor, haciéndolo gemir profundamente. Parecía que ninguno de los dos quería parar, pero ella estaba agotada tras otro largo día ayudando en la casa.

—¿Estás cansada, cariño? —Owen estrujó sus manos, que todavía seguían unidas, y ella asintió, aun intentando besarlo—. Entonces necesitas descansar. Yo también —él los hizo rodar para que se acostaran de lado uno frente al otro.

—Tú también —su adormilada reprimenda pareció divertirlo. Owen salió de Milly, pero se rio suavemente cuando ella emitió un disgustado sonido de protesta.

—Vaya, he creado una bestia —él acarició su nariz con la suya.

—¿Una bestia? —ella arrugó la nariz y frunció el ceño.

—Una bestia insaciable para hacer el amor —le besó la punta de la nariz.

Milly se acurrucó cerca de él, metiendo sus brazos junto a su pecho mientras se movía hacia él.

—Owen, ¿prometes no volver a irte?

—¿Irme? —le rodeó la cintura con un brazo.

Milly le acarició el cuello, necesitaba tocarlo. Los últimos diez días le habían parecido muy vacíos, muy solitarios sin él. Nunca había necesitado a un hombre para sentirse completa, y seguía sin necesitarlo, pero Owen había llegado a importarle... profundamente, tanto que temía acabar completamente enamorada de él en poco tiempo. Qué diría él por la mañana, qué haría para hacerla reír. ¿En qué travesuras se meterían mientras limpiaban juntos su casa? Ansiaba pasar más tiempo con él, y tenerlo de regreso hacía que Wesden Heath se sintiera como un hogar por primera vez.

—No más huidas para salvar gente. Me gustaría ser un poco egoísta y reclamarte para mí. Nunca tuvimos una luna de miel, si recuerdas —ella colocó una mano en su pecho, por encima de su corazón, y sintió una calidez tan profunda que la aturdió mientras contaba sus latidos.

—No más huidas —prometió. Cuando ella levantó la mirada, los ojos de Owen eran oscuros e insondables.

—Owen, ¿puedo preguntarte algo? Quiero una respuesta sincera —el corazón de Owen comenzó a latir con fuerza, y ella se lamió los labios nerviosamente.

—Honestamente, eso puedo hacerlo. Nunca he sido de los que mienten, excepto cuando es necesario para evitar un daño —frunció el ceño y continuó—. Cualquier cosa que me preguntes, yo siempre responderé con sinceridad —su brazo alrededor de su cintura se cerró ligeramente.

—Cuando te diste cuenta de que era yo y no Rowena la que estaba en la cama, ¿te sentiste muy decepcionado? —al preguntárselo, ella sintió como si un cuchillo se deslizara entre sus costillas para cortarle el corazón en tiras, pero necesitaba una respuesta.

Su pesado suspiro la llenó de tanto miedo que no pudo respirar durante unos largos segundos, pero en el fondo, Milly sabía desde el principio que él había querido a Rowena, no a ella. Lo que más temía era que él siguiera queriendo a Rowena, pero que estuviera haciendo lo honorable por ella como para no alejarse, ni siquiera si su corazón se lo pidiera.

—Había puesto mis ojos en ella, eso es muy cierto. Si mi ayuda de cámara no se hubiera equivocado de habitación, ahora estaría con ella —él hizo una pausa, con una expresión tan seria que ella sabía lo que venía a continuación.

Y aquí estoy yo, tan tonta como para pedirle que me rompa el corazón al decirme la verdad.

—¿Entonces, ¿serías más feliz? ¿Si hubieras terminado con Rowena?

No quería mirarlo, pero no encontraba fuerzas para apartar la mirada. Los ojos de Owen se suavizaron y una ligera sonrisa se dibujó en su boca.

—Estoy seguro de que nos habríamos llevado bien, pero ella no es tú. No quiero casarme con nadie más ahora que he estado contigo.

Su respuesta fue tan inesperada que parpadeó y se quedó boquiabierta. Él levantó la mano de la cintura de Milly y utilizó sus dedos para cerrar su boca, dándole suaves golpecitos bajo la barbilla.

—¿No me crees? —él se rio, y sus ojos brillaron de puro placer. Al principio, Milly odiaba sus burlas, pero ahora se había dado cuenta de que era parte de su forma de demostrar afecto, algo que ella había llegado a desear en los días que habían pasado juntos. Pero su confesión de que realmente quería estar con ella la llenó de una esperanza tan fuerte que no podía ni hablar.

Solo consiguió sacudir la cabeza.

—Milly, cariño, tú has visto lo testarudo que soy, cuánta ayuda necesitaba mi hogar... Creo que solo hay una mujer en la tierra que podría ocuparse de mí y de mi hogar. Esa mujer eres tú. Rowena es una chica encantadora, pero necesito a alguien que pueda enfrentarse a lo salvaje conmigo, que me lleve de la mano cuando actúo de forma poco razonable, que administre mi hogar, que se ocupe de mis... pasiones —añadió esta última parte con un pequeño guiño.

—¿De verdad... te gusto? —Milly nunca se había sentido tan vulnerable en su vida. Se las había arreglado para pasar toda su vida sin necesitar la validación de nadie, especialmente de un hombre, pero Owen le importaba. Anhelaba ser importante para alguien, que alguien la quisiera de vuelta, tanto como ella lo quería a él.

—Me gustas —la besó, en una lenta y persistente degustación y ella jadeó, acercándose cada vez más. Milly podría haber muerto de felicidad. Le gustaba a Owen. No era amor. No llevaban tanto tiempo juntos como para amar, pero quizá algún día... Él estaba demostrando que era un compañero en su matrimonio y que el afecto estaba creciendo entre ellos. Nunca había imaginado que podría haber tenido tanta suerte de terminar casada con un hombre como él—. ¿Y qué hay de mí?

—¿Mmm? —no quería que dejara de besarla.

Owen le apartó un mechón de cabello de la cara.

—¿Yo te gusto? Imagino que odiabas la idea de casarte conmigo.

Milly no pudo evitar reírse.

—Pensé que mi vida había terminado. Tú eras muy arrogante, tan... lleno de problemas, pero me alegré de haberme equivocado.

—¿Lleno de problemas? —le mordió el labio inferior y volvió a besarla, metiendo y sacando su lengua hasta que Milly se mojó y se retorció. Esta discusión estaba excitando su cuerpo de nuevo. ¿Era una locura estar locamente enamorada y hambrienta de su esposo? Desde luego, no era apropiado, pero con Owen, ella sabía que tendría que dejar atrás todo decoro para disfrutar de la vida con él—. Lleno de problemas suena como que puede ser algo bueno —él la puso boca arriba y se deslizó entre sus muslos separados, penetrándola con fuerza y rapidez. La sensación de repentina plenitud la hizo jadear y arquear la espalda. Él no cesó, el desenfreno de esta unión era tan diferente de lo que habían hecho hacía poco. Mientras arañaba su espalda, Milly gimió de placer y le mordió el cuello. Él gruñó y tembló sobre ella, y ella rio contra su piel. Milly nunca lo habría imaginado, un apareamiento de dos cuerpos era tan placentero que rozaba el dolor. Ella quería más, mucho más.

—Sí, Owen, sí —susurró, con la respiración agitada.

No solo estaba aceptando el sexo, sino algo más, algo que tenía tanto miedo de decir, a no ser que le dijera que sí. La respuesta de Owen se atrevió a darle esperanzas.

—Lo que sea por ti —le prometió. En ese momento, ella le creyó. Podía tener cualquier cosa con él, y él con ella.

Capítulo Trece

A la mañana siguiente de que Owen había llegado a casa, Milly se despertó sonriendo y luego haciendo una mueca de dolor mientras la parte inferior de su cuerpo protestaba de dolor. La noche anterior había sido maravillosa, explosiva, y algunas de sus partes más femeninas estaban sintiendo los efectos del juego de cama entre ella y Owen. A pesar de la incomodidad, ella aún sonrió y soltó una risita jadeante de pura felicidad. No se arrepentía de nada. La noche anterior había sido maravillosa. Owen estaba en casa y ellos volverían a trabajar juntos. Ahora, Milly también se sentía como en casa.

La última semana había trabajado junto al personal para que Wesden Heath volviera a ser acogedor, y el orgullo de saber que había contribuido a cambiar las cosas la hacía casi estallar de alegría.

La puerta de la habitación se abrió y Owen entró con una bandeja de desayuno.

—Buenos días, cariño. Me he tomado la libertad de retirarle esto a Constance para que ella pueda ocuparse de sus otras tareas —colocó la bandeja en su regazo y le besó los labios.

—Gracias —Milly levantó una mano para cubrir el rubor que se extendía por sus mejillas.

—He pensado que te gustaría almorzar con Jack y conmigo antes de ir a la ciudad.

—¿Jack y tú planeabais ir a la ciudad? —no era que estuviera celosa de Jack, pero... él había jurado anoche quedarse con ella, pasar tiempo a su lado después de los últimos diez días separados. Lo último que quería era sentirse sola cuando su marido solo se acostaba a su lado por la noche y no pasaba tiempo con ella durante el día. ¿Eso significaba que su único interés residía en ella entre las sábanas? Por muy placentero que fuera... ella no podía sobrevivir en un matrimonio basado únicamente en el sexo. Necesitaba... más.

—Planeaba llevarte a la ciudad, pero me di cuenta de que deberíamos obligar a Jack a venir con nosotros. El aire fresco es bueno para su constitución y todo eso. Simplemente no sabía si el almuerzo te interesaría o no.

Ella cogió un pan tostado y lo untó generosamente con mermelada.

—¿Qué necesitas hacer en la ciudad?

—Libros. Me temo que leí casi todo el montón que

Hampton me compró cuando estuve con Jack en Londres. Mi biblioteca aquí carece bastante de novelas decentes. Todo son ensayos políticos y tratados históricos sobre varios gobiernos de Francia, Italia y España. No me interesan lo más mínimo.

A ella se le escapó una risita.

—¿Hablas en serio?

Él se rio y se acercó a su cómoda, donde abrió el cajón superior y sacó un libro. El libro de Milly. La copia de *Ella* que Milly había estado leyendo en su viaje a Wesden Heath esa primera noche.

—Lo he terminado y tengo que devolvértelo —Owen le tendió el libro, pero cuando ella lo cogió, él se inclinó para susurrarle en los labios una cita que ella había subrayado con un bolígrafo.

—*Sí, todas las cosas viven para siempre, aunque a veces se duermen y son olvidadas.*

Milly se rio y le devolvió el beso antes de citar a *Allan Quatermain*.

—*La pasión es como el relámpago, es hermosa y une a la tierra con el cielo, pero ¡qué lástima! También es cegadora.*

Las comisuras de los ojos de Owen se arrugaron con tenues líneas mientras sonreía.

—Mmm... ¿deberíamos provocar un pequeño relámpago, esposa? —le dio una pequeña mordida en los labios mientras apoyaba una mano en el marco de la cama detrás de ella. Milly enroscó los dedos en su camisa, aprisionándolo para que le diera más de esos besos profundos que tanto la consumían. Tras unos largos instantes, ella lo soltó y sus bocas se separaron con renuencia.

—¿Tal vez podríamos continuar esto más tarde? —le preguntó esperanzada.

Él deslizó el pulgar por sus labios recién besados.

—Nada de tal vez, nosotros *vamos* a continuar con esto —le aseguró él.

—Bien. Déjame romper mi ayuno, luego me reuniré contigo y Jack en una hora.

Owen asintió.

—Excelente. Te estaré esperando —luego le besó la frente y la dejó sola para comer. Estaba hambrienta y no tuvo ningún problema en comer antes de llamar a Constance.

Tras un baño y sus habituales abluciones matutinas, su criada la ayudó a vestirse con un cálido traje de paseo que tenía un largo abrigo con un ribete militar.

—Luce muy elegante, milady —dijo Constance, con ojos brillantes de aprobación.

Milly sonrió. Había renunciado a intentar recordarle a Constance que no era más que la esposa de un caballero, y ya no la hija de un par. Se retocó el cabello antes de que Constance le colocara un gran sombrero con un lazo azul marino que hacía juego con la tela azul oscuro de su traje de paseo. La cola de la falda era un poco más voluminosa que las faldas rectas, pero Milly despreciaba cuando la moda hacía casi imposible la movilidad de una mujer. La falda también realzaba su figura, aprovechando las curvas que poseía y mostrándolas más esbeltas en algunas partes y más amplias en otras.

—¿Están listos los hombres para el almuerzo? —preguntó quitándose temporalmente el sombrero ahora que se había asegurado de que quedaba bien con su traje.

—Sí, milady. Están esperando en el comedor.

—Gracias —se apartó del tocador y se levantó la falda con una mano mientras se dirigía a la puerta.

Este sería su primer encuentro con el señor Watson y deseaba causar una buena impresión. Después de todo, era uno de los mejores amigos de Owen. Milly quería preocuparse por las personas que le importaban a él, y que se agradaran mutuamente. En el pasado, no le habría importado causar una buena impresión al mejor amigo de un cazafortunas, pero ahora que realmente conocía a Owen y había visto dentro de su corazón, eso importaba. Sus nervios estaban un poco crispados e intentó apaciguar la inquieta flota de mariposas en su estómago. ¿Le agradaría a Jack? ¿A ella le agradaría él? Seguramente se llevarían bien; después de todo, ambos se preocupaban por Owen.

Cuando bajó las escaleras y se dirigió al salón principal, se detuvo justo delante de la puerta al oír voces masculinas. Su marido estaba riendo. El sonido, cielos, el sonido hizo que sus rodillas temblaran de deseo y, sin embargo, la excitó lo suficiente como para que, si extendía los brazos, se convirtieran en alas y pudiera volar.

—¿Ella te ha convencido para que empieces a leer? Dios mío, Owen, debería estrecharle la mano o besar a la dama. Me alegro de que por fin alguien te haya obligado a disfrutar de las cosas buenas de la vida. Antes me encantaba leer... —se detuvo un momento. La voz del hombre era grave e intensa, un poco como la de Owen, pero diferente.

Él tenía que ser Jack Watson hablando. Al hombre le gustaba leer. ¿Qué más necesitaba saber que hablara bien de su carácter? Nada. Un hombre que leía era un hombre con el que ella podía conversar.

—Milly tiene una manera de hacerme ver las cosas de manera diferente —dijo Owen.

—Puedo verlo —esta vez Jack se rio, el sonido no fue menos agradable, aunque no la afectó como lo había hecho el de Owen.

Milly eligió ese momento para entrar en la habitación, para que no la descubrieran escuchándolos a escondidas.

—Ahh, ahí estás —Owen se acercó a recibirla, cogiendo sus manos enguantadas entre las suyas mientras la besaba en los labios, justo delante de su invitado. El rostro de Milly se encendió, pero no pudo evitarlo; siempre respondía a él intensamente.

—Señora Hadley, estoy encantado de conocerla —

Jack rodeó la mesa para saludarla. Era la primera oportunidad que Milly tenía de mirarlo bien. Era alto como Owen, pero muy delgado. Podía ver que había sido un hombre musculoso alguna vez, lleno de fuerza. Él aún podía recuperar esa fuerza, pero le llevaría tiempo, comida y actividad física. Sin embargo, a pesar de su estado ligeramente deteriorado, él seguía teniendo el encanto reservado que poseían algunos hombres, una dignidad tranquila que atraía amigos e influía en la gente. Owen era más como un fuego brillante frente a la llama única de Jack. Ambos ardían, pero de maneras diferentes.

—Señor Watson, me alegro mucho de que esté aquí —Milly sonrió y se inclinó un poco hacia Owen mientras hablaba, esperando que él viera su toque como un apoyo—. Mi marido necesita un amigo que lo mantenga ocupado y entretenido para que no se interponga en mis reparaciones de la casa.

Jack resopló.

—Dudo mucho que él necesite entretenerse mientras usted esté cerca. No hablaba de otra cosa que de usted mientras... —Jack tosió y su rostro palideció cuando pareció darse cuenta de que había confesado demasiado—. Bueno, estoy seguro de que él le ha contado cómo me ha ayudado.

Ella asintió y su sonrisa se desvaneció.

—Sí. Y ambos nos alegramos de que usted se sienta mejor —lo decía en serio. Normalmente era fría y distante con los extraños, pero Owen la hizo querer ser más abierta, más reconfortante y acogedora.

—Lo estoy —él se dio una palmada el estómago—. Wesden Heath tiene una de las mejores cocineras de esta parte de los Cotswolds. Es probable que me queden pequeños los pantalones si ella sigue preparando comidas como la de anoche.

Milly tenía que estar de acuerdo. La cocinera mantenía las cosas sencillas, pero abundantes y sabrosas. Ella había venido de un mundo de comidas de diez entradas con platos elaborados y guarniciones exóticas. Se exhibían mesas caras como signo de la riqueza de los Pepperwirth. Wesden no podía haber sido más diferente. A la antigua Milly le habría irritado la idea de platos modestos y una casa muy necesitada de reparaciones, pero casarse con Owen la había cambiado. Estar cerca de él le había hecho ver las cosas de otro modo, valorar otras cosas.

—¿Nos sentamos? —les ofreció Owen y ocuparon asientos en la mesa del comedor.

El almuerzo fue traído por un lacayo, otro miembro del nuevo personal. Un joven llamado Jennings. Él sonreía, como si estuviera encantado con su trabajo, pero cuando vio que Milly lo observaba, borró rápidamente la expresión de su rostro. Eso era otra cosa que ella había cambiado en su interior. Ella habría desaprobado que un criado llamara su atención de esa manera, pero después de pasar las dos últimas semanas trabajando con ellos, había adquirido un sentimiento de camaradería. Cuando Jennings volvió a mirarla, ella le dedicó una pequeña sonrisa y él le sonrió.

Cuando el joven se marchó, Milly volvió a centrar su atención en Jack y Owen. Se quedó helada cuando vio a su marido mirándola, con ojos ardientes de deseo, y había una emoción más suave, más sutil, que acompañaba al deseo y que ella no podía descifrar. Milly bajó la cabeza y se concentró en la comida, intentando ignorar lo expuesta que se sentía. En muchos sentidos, era como la noche en que cenaron en Hampton House, pero sin la ira y el resentimiento que había habido entre ellos. Esto era... un acalorado intercambio nacido del afecto. Milly no pudo evitar sonreír mientras terminaba su almuerzo.

Cuando ella, Owen y Jack estuvieron listos para marcharse, ella recogió su sombrero de Constance, quien la ayudó a colocárselo antes de reunirse con los hombres en la puerta principal. Un taxi alquilado los estaba esperando.

—Sabes —ella se inclinó hacia Owen para susurrarle —, ahora podemos permitirnos uno propio —con el dinero que ella había aportado al matrimonio, sin duda podrían conseguir un coche y mucho más.

Él la miró sorprendido.

—Solo si tú lo deseas. Yo no tomaría una decisión tan cara a menos que tú también lo quisieras. Es tu dinero, Milly.

Milly se tambaleó, pero Owen la cogió por la cintura

y la mantuvo erguida. Estaba pasmada. ¿Acaso su intención no había sido siempre casarse únicamente para tener acceso a los fondos de una esposa? ¿Qué había cambiado?

—Pero yo creía...

Él la interrumpió con un movimiento de cabeza.

—Mi deseo, mi esperanza, era que cualquier mujer con la que me casara amara mi casa lo suficiente como para tomar ella misma las decisiones costosas. Nunca planeé gastar tu dinero sin tu permiso o consentimiento.

Y sin más, las lágrimas escocieron los ojos de Milly. Iba a llorar allí mismo, delante de él y de Jack, como una tonta. Ése había sido uno de sus temores más oscuros, quedarse atrapada en un matrimonio únicamente por la ganancia monetaria por un marido que no la vería como una igual y usaría su dinero sin consultarla. Sin embargo, allí estaba Owen, desafiando todas las horribles expectativas que ella había tenido, excepto una. Él no la amaba, o si la amaba, aún no se lo había dicho. Milly deseaba tener amor, lo deseaba tanto que se había obligado a creer que nunca podría tenerlo, que la vida no le daría ese sueño verdadero.

¿El gusto de Owen podría llegar a convertirse en amor? Su voz interior era la de una chica más joven, la que había vivido en Francia y soñaba con un hombre que la amara tanto como ella a él, como compañeros iguales en el amor y en la vida.

—¿Qué pasa, cariño? —él hizo un gesto a Jack para

que se adelantara hasta el coche mientras él permanecía en la escalera, sosteniéndola cerca. Le cogió la cara y le secó una pequeña lágrima rebelde que se atrevió a resbalar por su mejilla.

—No es nada —Milly le dedicó una falsa sonrisa—. ¿Me besarías?

Él soltó una risita.

—Sería un gran placer, esposa —inclinó la cabeza y le robó el aliento con un beso embriagador que la hizo flotar en el aire. ¿Cómo podía él hacer eso siempre? ¿Apoderarse de su corazón y de su cuerpo con solo un beso?

—El taxi está en marcha. Será mejor que bajéis para que podamos ir a la ciudad —la carcajada de Jack los hizo separarse, compartiendo tímidas sonrisas.

—Esta noche —Owen prometió todo con una sola palabra.

—Esta noche —aceptó ella.

Capítulo Catorce

Owen siguió a Milly mientras ella casi se le adelantaba por el estrecho camino de grava. Las hileras de casas que se adentraban en el pueblo de Wesden parecían acogedoras estructuras de piedra, cada una con las puertas pintadas y nubes de humo en sus pequeñas chimeneas. En primavera y verano, una docena de colores brillantes cubrirían los maceteros del alféizar de la ventana y la hiedra treparía por las paredes de las casas. El idílico entorno cautivaría el corazón de Milly como lo había hecho con el suyo cuando era niño.

Cada pocos pasos, Milly se volvería hacia él, sonriente. Sus sonrisas eran mucho más libres ahora, como si la fachada a la que ella se había aferrado durante años se estuviera derrumbando por fin. Al salir de casa después del almuerzo, ella había parecido muy perdida, muy asustada, y él no podía entender por qué. Besarla había sido algo fácil, algo que Owen había llegado a adorar, pero se preguntaba por qué ella parecía necesitar asegurarse de que él le pertenecía total y completamente. Ella no necesitaba eso. Él había jurado que era suyo, que siempre le sería fiel.

—Owen —Milly se detuvo junto a una floristería al llegar al pueblo—. ¿Podríamos comprar algunas flores? Me gustaría abrir un invernadero en el jardín. Podríamos construir algo en primavera. Si compramos algunas plantas, yo podría cuidarlas en el interior durante el invierno.

Él dio largas zancadas para alcanzarla.

—Qué idea tan encantadora, esposa —posicionó el brazo de Milly en el suyo cuando entraron en la pequeña tienda.

Una campana de latón tintineó alegremente por encima de sus cabezas, y Milly comenzó a hacer inmediatamente una intensa examinación de las flores. Owen estaba contentó de observarla, absorto en cada expresión que cruzaba su rostro mientras se quitaba los largos guantes, tocaba los pétalos con su piel desnuda y se inclinaba para inhalar el aroma de una flor en particular. Él se acercó a Milly por detrás cuando ella se detuvo frente a una hilera de orquídeas. Owen tocó una orquídea púrpura a escasos centímetros de la mano de Milly.

—¿Sabes por qué estas flores se consideran escandalosas? —le susurró él al oído. Con la otra mano le tocó la cadera y la cogió suave pero posesivamente.

A Milly se le cortó la respiración y se quedó inmóvil.

—No, ¿por qué? —susurró ella.

—Porque... —hizo una pausa, saboreando la reacción que ella experimentaría cuando pronunciara las siguientes palabras—. Se parecen a los pliegues de una dama... la textura sedosa, el color intenso, la abertura lista para la penetración —acarició los pétalos de la orquídea de forma intencionalmente seductora y soltó una risita cuando la respiración de Milly se aceleró.

—Eres perverso, ¿lo sabías? Realmente perverso —siseó, pero cuando él le acarició la mejilla con la nariz, sintió que los labios de Milly se curvaban en una sonrisa.

—Cuando lleguemos a casa, yo acariciaré tu orquídea —prometió él con voz ronca.

Ella lo golpeó ligeramente en las costillas, haciendo que él diera un paso atrás y se aclarara la garganta.

La florista los miraba con los ojos muy abiertos y Milly se sonrojó e intentó arreglarse los guantes, tratando de fingir que no había pasado nada entre ellos.

Tan distraído como Owen estaba por los pensamientos de seducir a su esposa, no pudo evitar preguntarse cómo estaría Jack. La excursión a la ciudad no tenía nada que ver con las compras. Jack había aceptado finalmente encontrarse con Scarlett Brandon en una de las tabernas. Eso era un poco impropio, pero Owen no estaba seguro de si ella hubiera aceptado volver a Wesden para encontrarse con Jack. Le habría parecido incómodo a su ex prometida reunirse con su mejor amigo bajo su techo.

—Estás preocupado por el señor Watson, ¿verdad? —la suave pero certera observación de Milly lo sacó de sus pensamientos.

—Sí —admitió—. El hombre ha pasado por un infierno y no estoy seguro de que pueda manejar a Scarlett o su situación.

—¿Te refieres al bebé que ella perdió? —Milly enroscó su brazo en el de él y señaló varias flores. La tendera se apresuró a preparar unos cuantos esquejes para que ella se los llevara.

Owen exhaló un suspiro.

—No puedo ni imaginar lo que supone para una mujer perder una vida en su interior. Debe ser un infierno, y para un hombre como Jack, que es muy sensible, demasiado bueno y amable, podría destrozarlo. Pero él necesita paz en esa parte de su vida.

Milly se inclinó hacia él, intentando consolarlo. Ella probablemente no tenía ni idea de que estaba haciendo algo así, era un gesto tierno, uno que probablemente no habría hecho si no se hubieran vuelto tan íntimos en las últimas dos semanas. Él se sentía tan cercano a ella y tuvo el extraño impulso de hacerle una pregunta que le sorprendió incluso a él mismo.

—¿Te interesa tener muchos hijos? —le preguntó en voz baja. Nunca había preguntado o querido preguntarle eso a una mujer, y se sentía extrañamente nervioso y emocionado ante la posibilidad.

Milly levantó la mirada hacia la suya y él se deleitó con su expresión de asombro y sus ojos muy abiertos.

—¿Hijos? —la única palabra escapó de sus labios sin aliento.

—Sí —Owen se rio—. ¿Cuántos quieres?

—Bueno, yo... —ella balbuceó y luego se ruborizó—. No lo sé. ¿Al menos dos? —sonaba tan adorablemente insegura que hizo que él sintiera una repentina desesperación por llevársela a la cama, o posiblemente a la superficie plana más cercana. Le gustaba cuando estaba nerviosa, especialmente cuando él era la causa.

—Milly... —gruñó él, guiándola hacia la puerta de la tienda—. ¿Por qué no vamos tú y yo a la posada más cercana y alquilamos una habitación...?

—¿Qué hay de las flores? —interrumpió ella, con la voz aún sin aliento.

—Señor Tabor, póngalas en mi cuenta y mañana enviaré a un muchacho a buscarlas.

—Muy bien, señor —el señor Taber esbozó una sonrisa de complicidad mientras se daba la vuelta.

—Vamos, podemos encontrar una forma de ocuparnos mientras esperamos a Jack —Owen le acarició la mejilla con la nariz y le robó un prolongado beso. Cada vez que la tocaba, se le calentaba la sangre y un suave calor llenaba su pecho. Nunca había sido así con ninguna otra mujer.

—Puede que esté tentada —los ojos azules de Milly brillaron con su propia pasión creciente.

—Entonces vamos a buscarnos una cama.

—¡Owen! —jadeó ella, pero su sonrisa encantada fue el estímulo que él necesitaba. Estaban a medio camino de la posada cuando Owen vio a Jack caminando hacia ellos. Él tenía la cara cenicienta y los ojos muy abiertos, llenos de dolor.

—¿Jack? —preguntó, deteniendo a Milly al rodearle la cintura con su brazo.

—Necesito regresar a Wesden Heath de inmediato —dijo Jack, metiéndose las manos en los bolsillos de su abrigo.

Owen intercambió miradas con Milly.

—¿Estás lista para volver a casa?

Milly asintió, con los labios fruncidos en una fina línea.

—Jack, realmente creo...

—Ahora, Hadley —una silenciosa ira teñida de dolor coloreó sus ojos.

Owen hizo una señal al taxista, quien los había estado esperando a las afueras de la ciudad. El trayecto a casa fue tenso. Jack miraba morosamente por la ventanilla y Owen intercambiaba miradas con Milly, pero ninguno de ellos dijo nada.

Una punzante sensación de inquietud recorrió a Owen mientras él y Milly seguían a Jack escaleras arriba cuando regresaron a la casa. Algo no estaba bien. Él cogió a su mujer del brazo y la detuvo.

—Espera un momento, déjame hablar en privado con él.

Ella asintió.

—Avísame si me necesitas —ella le estrujó la mano antes de soltarla, y un repentino impulso de cogerla y besarla de nuevo se apoderó de él. La estrechó entre sus brazos y la besó fuerte y profundamente. Era como si alguien hubiera pisado su tumba y tuvo la terrible sensación de que no volvería a verla. Era una tontería, Milly estaba aquí. Ellos estaban casados. No habría nada que lo alejara de ella. Incluso recordándoselo a sí mismo, no le resultó más fácil dejarla ir. Ella se había convertido en un sustento para él en las últimas dos semanas, manteniéndolo a flote a través de una tormenta en la que no se había dado cuenta que estaba atrapado.

—¿Está todo bien? —le susurró Milly al oído.

—Sí, estoy seguro que está bien —le dio un último abrazo antes de obligarse a soltarla.

Se dirigió a la habitación de Jack, sin molestarse en tocar. Ellos iban a hablar, sin importar si Jack quería. Cuando Owen giró el picaporte y abrió la puerta, se quedó helado.

Jack estaba de pie junto a la ventana de su habitación, con la maleta abierta y las cosas esparcidas sobre la cama con dosel. Mientras Owen buscaba a Jack, el hombre más delgado se volvió hacia él.

—No te acerques más, Owen —le dijo en voz baja. La luz del sol que entraba por la ventana detrás de él reflejaba algo que tenía en la mano.

Todo el cuerpo de Owen se paralizó de tensión al reconocer una pistola en la mano de su amigo.

—Jack... —exigió, pero no se movió—. Jack, ¿qué estás haciendo?

Su amigo se volvió lentamente para mirarlo, con lágrimas brillando en sus ojos.

—¿Lo sabías, Owen? ¿Lo del bebé? —una pizca de acusación acompañó a su pregunta.

Owen vaciló, preguntándose cómo responder. Él y Jack lucharon codo con codo, cubiertos de sangre y sudor bajo el lejano sol africano. No se podía mentir a un hombre, no después de compartir esa experiencia.

—Lo sabía. Ella acudió a mí después de que tú te fuiste, me rogó que me alejara porque ella no podía estar casada con nadie más que contigo. Luego perdió al bebé.

Jack pasó su mano por encima de la pistola y el sol de noviembre, brillante e intenso, centelleó como el mercurio en el metal.

—Debería de haber estado ahí para ella, haberla ayudado con el bebé. Soy un maldito cobarde. Un mal... dito cobarde —el sonido de su voz quebrándose bajo su dolor desgarró el corazón de Owen.

—No, no lo eres —argumentó. Algo dentro de él se estaba fracturando, un muro de fuerza que había construido para mantener a raya los recuerdos de la guerra durante todos estos años.

—Yo era médico, Owen. No pude salvar a suficientes hombres y maté a tantos otros... No soy digno de respirar —había una horrible rotundidad en su tono que heló la sangre de Owen.

Jack levantó la pistola hacia su cabeza.

Owen reaccionó. Años de vivir tranquilamente en Londres no habían entorpecido sus instintos. Se abalanzó sobre Jack justo cuando el cañón de la pistola alcanzó su cabeza. Sus cuerpos chocaron y la pistola cayó al suelo junto a ellos mientras se estrellaban contra éste.

—Déjame morir —gimió Jack mientras sus dedos se cerraban alrededor del arma. Owen cerró una mano alrededor de su muñeca y sus miradas se encontraron.

—Tú nunca me abandonaste, yo no voy a dejarte.

Los ojos de Jack ardían debido a las lágrimas mientras continuaba luchando, pateando a Owen con fuerza en el estómago. El aire salió de sus pulmones mientras cogía el arma que había entre ellos...

¡Pum!

Milly estaba a mitad de camino escaleras abajo cuando el fuerte estruendo de un disparo la congeló en seco, con un pie levantado y una mano aun sujetando su falda.

Un disparo. Ella por fin reconoció el sonido y gritó. Se puso en movimiento de un salto, giró y voló escaleras arriba, corriendo hacia la habitación de Jack. La puerta estaba entreabierta. La imagen que contempló la perseguiría el resto de su vida.

Owen yacía en el suelo con una mano sobre su hombro, sangrando, jadeando suavemente, con los ojos muy abiertos y aturdidos. Jack estaba inclinado contra un poste de la cama, sosteniendo la pistola y mirando horrorizado a su amigo.

—¡Owen! —Milly corrió hacia su marido y se arrodilló a su lado mientras luchaba por respirar. Cuando ella movió bruscamente la cabeza hacia Jack, sus ojos se nublaron con lágrimas. El pánico se apoderó de ella, pero luchó por mantenerse a flote. Tenía que ser fuerte por Owen—. Jack ¿qué ha pasado?

—Yo estaba intentando acabar con mi vida... el tonto ha intentado detenerme. ¡Maldito seas, Owen, maldito seas! —gritó Jack; lágrimas corrían por el rostro de Milly.

Owen se aferró a la mano de Milly, jadeando y susurrando su nombre.

—Milly...

—Shh... —intentó calmarlo antes de volver a mirar a Jack—. ¿No fuiste médico durante la guerra? ¿No puedes hacer algo? ¿Cualquier cosa?

De repente, la expresión de pánico de Jack se endureció y asintió bruscamente, dejando caer la pistola al suelo con un *bang* mientras se enderezaba abruptamente.

—¡Sí, sí que puedo! —él se apresuró hacia su maleta y sacó una pequeña bolsa médica. Mientras ordenaba los objetos y los colocaba sobre la cama, Milly volvió a centrar su atención en Owen.

—Milly —la pronunciación de su nombre fue tan suave que apenas lo escuchó. Él estaba muriendo. Su esposo. ¿Cómo podía él hacerle eso? No después de haber sido tan tonta como para enamorarse de él.

Lo amo...

—Owen —le cogió la cara entre sus manos y la mirada de Owen se centró en ella mientras se inclinaba sobre él—. Owen, te amo. ¿Me escuchas? Te amo y si tú... —el miedo y la angustia le cerraron la garganta por un momento y no pudo respirar—. Por favor Owen, lucha por quedarte conmigo —todavía había dolor en cada sílaba, pero ella también sintió su propia fuerza. Lucharía para quedarse con él y él tenía que luchar para quedarse con ella.

Owen tragó saliva con fuerza, con la respiración entrecortada.

—Tú has sido lo mejor... de mi vida —él pareció luchar mucho para decir las palabras. Después, su cabeza cayó al suelo y sus ojos se cerraron.

—¡No! —gritó ella—. ¡No te atrevas a dejarme! —las

lágrimas se acumularon en sus ojos y no podía ver—. Jack, él...

Jack se arrodilló a su lado, sus mirada gris era nítida y clara.

—Ejerce presión sobre su hombro. ¿Puedes hacerlo? —la nube de depresión y languidez había desaparecido de él.

—Sí —a Milly no le gustaba ver sangre, pero podía hacerlo por Owen. Ella presionó los talones de sus palmas sobre la herida.

—Bien —Jack levantó varias herramientas—. Voy a levantarlo y ver si la bala se ha alojado en su hombro o si lo ha atravesado —levantó un borde del hombro de Owen y presionó una mano debajo de él, luego frunció el ceño.

—¿Qué pasa? —exigió Milly.

—No lo ha atravesado. Tendré que sacar la bala.

—¿Qué? —el estómago de Milly se revolvió violentamente.

—Ve a buscar un poco de brandy o whisky. Cualquier tipo de alcohol fuerte servirá.

Milly se levantó y salió corriendo de la habitación. El señor Boyd, la señora Nelson y todos los demás estaban reunidos afuera.

—Le han disparado a Owen. Necesitamos que alguien vaya al pueblo y traiga un médico inmediatamente. Y necesitamos alcohol y paños limpios.

—¿Necesitáis agua caliente? —sugirió la señora Nelson mientras el señor Boyd daba más órdenes.

—¡Sí! —Milly asintió antes de volver corriendo a la habitación.

Jack le había quitado la camisa a Owen en el minuto que ella había estado en el pasillo, y estaba calentando su bisturí en el fuego.

—Esterilización —se apresuró a explicar. A Milly no le importó. Ella se dejó caer junto a Owen, le cogió una mano y se la llevó a los labios, besándole la palma, el nudillo, cualquier cosa que lo reconfortara, aunque ella sabía que probablemente él no podía sentirlo.

La señora Nelson entró y le entregó a Jack una botella de ginebra. Él empapó varios paños con el líquido y se los entregó a Milly.

—Lávale las heridas y luego sacaré la bala.

Milly pasó el paño por la sangre, limpiando la herida roja e inflamada. Una vez hecho esto, Jack cortó el hombro de su marido con el bisturí, cavando; el sonido de la sangre y la carne moviéndose provocó que Milly hiciera un gesto de dolor y luchara por contener más lágrimas. Y entonces lo vio, el brillo opaco de la bola de plomo cuando Jack la sacó a la superficie. Él la extrajo con destreza y la dejó caer en una pequeña lata de metal que Milly ni siquiera había notado que él había puesto junto a sus herramientas.

—Limpia la herida de nuevo —le ordenó Jack. Milly obedeció y luego sujetó la mano de Owen mientras Jack utilizaba una aguja de metal y un hilo grueso y oscuro. Él cosió la herida, pero Milly no pudo verlo. Ella apartó del rostro de Owen algunos mechones de cabello oscuro y contuvo la respiración.

—¿Sobrevivirá, señor Watson? —preguntó la señora Nelson. Ella estrujaba la botella de ginebra contra su pecho, tenía los ojos muy abiertos y la ansiedad creaba líneas tensas alrededor de su boca.

Jack colocó dos dedos en la muñeca descubierta de Owen y sacó un reloj de bolsillo de plata. Durante un minuto, estudió el reloj y cogió la muñeca de Owen.

—Su pulso es estable. Un poco débil, pero creo que tiene una buena oportunidad. La herida está a una altura que no pondrá en peligro su corazón o pulmones. Por ahora, hay que vigilar la pérdida de sangre y la infección —Jack miró a su alrededor y luego exclamó—. Señor Boyd, consiga unos cuantos muchachos fuertes que me ayuden a subirlo a la cama. Limpiaremos la herida una vez más y lo vendaremos —Jack se limpió las manos en un paño extra y se volvió hacia Milly, apartando suavemente su agarre de las manos de Owen—. Deja que ellos lo acomoden —la voz de Jack era reconfortante, profesional, y ella asintió, soltando la mano de Owen.

Milly juntó las manos mientras veía a los hombres levantar a Owen y ponerlo en la cama. La señora Nelson se ofreció a limpiar la herida y ayudó a Jack a vendarlo. Una vez que ella lo había limpiado todo, Milly se subió a la cama junto a Owen y le cogió la mano en cuanto estuvo metido bajo las sábanas. Jack permaneció junto a ella, sentado en una silla frente a la cama, su mirada aún nítida y clara. El silencio era denso entre ellos, y Milly casi pensó que él no diría nada.

—Siento mucho haberte hecho esto, Milly. A ti y a Owen.

Ella parpadeó y se secó los ojos.

—Owen me contó algo de cómo fueron las cosas durante la guerra. No puedo ni empezar a imaginar lo duro que debe ser vivir con eso —hizo una pausa y levantó la mirada hacia la de él—. Pero te debes a ti mismo no seguir el camino de los cobardes. Hay gente aquí para ayudarte. Owen, el Conde de Hampton, yo. Tienes amigos que te quieren lo suficiente como para luchar contigo por un arma. Se lo debes a ellos también, luchar cada día por la felicidad —*como yo lo he hecho.* Milly se dio cuenta mientras hablaba de que, en las pocas semanas transcurridas desde su matrimonio, habían luchado y ganado juntos con éxito cierta medida de felicidad.

—No fue la guerra lo que me hizo perderme —Jack se pasó una mano por el cabello y sus ojos se desviaron hacia la ventana, como si viera algo que ella no podía ver.

—Te refieres a Scarlett y al bebé —ella no lo convirtió en una pregunta.

Jack se encogió de hombros, pero el dolor silencioso

en sus ojos desgarró el corazón de Milly cuando él finalmente asintió.

—¿Aceptarías mi consejo, Jack? —ellos habían pasado por tantas cosas en la última hora que Milly sabía que estaban más allá de la formalidad de los apellidos.

—Te escucho —él volvió a centrarse en ella.

—Tú todavía tienes la oportunidad de vivir una vida, posiblemente con la señorita Brandon. Ella le rogó a Owen que la liberara de su compromiso después de tu partida. Y no tenía nada que ver con el bebé. Owen le juró que él lo criaría como si fuera suyo. Ella todavía guarda su corazón para ti. Confía en mis instintos femeninos.

Un destello de esperanza, uno diminuto, parpadeó en los ojos de Jack.

—Lo tendré en cuenta —él se levantó y miró hacia la puerta—. Iré a hablar con la señora Nelson y le diré que te suba algo de comida mientras yo espero al médico del pueblo.

Milly asintió y lo vio marcharse. La carga de su corazón se alivió un poco. Al cabo de unos minutos, las manos de Owen se cerraron alrededor de las suyas y sus ojos se abrieron.

—¿Milly? —pronunció su nombre en un suave jadeo.

Ella se inclinó más hacia él, intentando colocar la cara en su campo visual.

—Estoy aquí —Milly le apartó un mechón rebelde de los ojos—. Estoy aquí, Owen.

Él sonrió y asintió.

—No estoy muerto —se rio y luego hizo una mueca de dolor—. Debo haberme desmayado por la pérdida de sangre y el dolor —intentó incorporarse, pero Milly apoyó una mano en su hombro ileso.

—No te levantes, hombre testarudo —resopló ella—. Te han disparado.

—No creo que vaya a olvidarlo —él le tocó la mano, cubriéndola con la suya. Cuando sus miradas se cruzaron, Milly se vio arrastrada por la marea de emociones—. Lo que he dicho iba en serio —su tono era suave, pero cada palabra era clara y firme, y el corazón de Milly dio un vuelco.

—¿Qué cosa? —se atrevió a preguntar.

—Que tú eras lo mejor de mi vida. *Lo eres* —él corrigió, sonriendo; la tímida expresión de un hombre seductor por naturaleza despertó en ella sentimientos profundos y confusos. Estaba tan acostumbrada a sus sonrisas perversas, unas que pretendían hacerla querer quitarse la ropa y meterse en la cama con él, pero esta sonrisa... era mucho más... Era una sonrisa de amor, no de seducción.

Milly no había olvidado lo que le había dicho cuando creyó que moriría. *Te amo.* No podía negarlo, pero aceptarlo era aterrador. ¿Y si él no la amaba?

Ella no podía...

—Milly —Owen suspiró cansado y luchó para incorporarse antes de que ella pudiera detenerlo. Él se tambaleó, maldijo en voz baja y se masajeó el hombro antes de encontrarse con la mirada de ella.

—¿Qué? —respondió, intentando ocultar el hecho de que estaba tan dolida por dentro como él parecía estarlo por fuera.

—Veo que estás pensando demasiado —él cogió sus manos y se las llevó a los labios, besándolas—. Si no te has dado cuenta de lo mucho que me has enamorado, entonces no eres una mujer tan brillante como yo creía —la comisura de sus sensuales labios se deslizó en una sonrisa torcida que la hizo retorcerse por dentro de asombro y placer. Unas lágrimas frescas le escocían los ojos y le quemaban la punta de la nariz.

—¿Tú me amas? —*por favor, solo déjame escucharlo decir que sí. Nunca necesitaré que me concedan otro deseo en mi vida, mientras él me ame.* Milly envió la plegaria al mundo entero en silenciosas alas de esperanza.

Los ojos marrones de Owen se clavaron en sus labios mientras los rozaba con la punta de su dedo.

—¿Cómo no podría amarte? Eres brillante, hermosa y compasiva. Una compañera a partes iguales en todos los aspectos. Un hombre como yo no podría ser más afortunado de tener a una mujer como tú en mi vida, en mi cama —añadió con un guiño travieso, antes de volver a ponerse serio—. Tú estás en mi corazón, tan dentro que no puedo sacarte. Mi amor por ti ya forma parte de mi alma —él le cogió la mejilla y acortó la distancia que los separaba, sellando esas palabras que cambiarían su vida con un beso. Uno que le robó el aliento, el corazón, cada parte de ella se enamoró mucho más de Owen. Él le mordisqueó suavemente los labios, con dulzura, antes de profundizar el beso. Sus lenguas bailaron juguetonamente y el brazo bueno de Owen la rodeo por la cintura. Solo cuando él hizo un gesto de dolor, sus bocas se separaron.

—Lo siento mucho —jadeó, dolida por verlo sufrir.

Él se rio.

—Se curará.

—Sí —repitió ella—. Más le vale.

Owen sacudió la cabeza, sus ojos brillaban con una alegría que apenas reprimía.

—Oh, cómo amo tu espíritu autoritario, querida esposa.

Ahora, Milly sabía que se estaba burlando de ella. Era su manera, siempre lo había sido, de decir dos pequeñas palabras. *Te amo.*

Ella apoyó la cabeza en su hombro bueno, jugando con sus dedos, entrelazándolos.

—Te ordeno que seas feliz, querido esposo —ella le devolvió la broma.

—Como desees. Solo mientras estés conmigo. Siempre —su voz aún seguía ronca por la emoción, y Milly no pudo resistirse a robarle un beso más.

Owen le había entregado su corazón y ella había hecho lo mismo. Por amor, por el otro, ellos harían cualquier cosa.

Gracias por leer *Un Caballero Nunca Se Rinde*. Pasa la página para leer la siguiente historia sobre Rowena, la hermana pequeña de Milly en *Un Lord Escocés Para Navidad*.

Un Lord Escocés Para Navidad

I*nglaterra, octubre 1911*

Rowena Pepperwirth corría por el césped marrón debido al invierno de los jardines en Hampton House. Una ráfaga de viento le arrebató el sombrero de la cabeza, pero ella no dejó de correr para perseguirlo. El terror oprimía su corazón y la sangre latía a un ritmo violento en sus oídos.

Solo importaba una cosa. Una niña con un vestido azul y un delantal blanco, quien no podía tener más de tres años, estaba trepando por el borde de una fuente de piedra a unos cuatro metros de distancia. Una fuente que Rowena había visto de cerca tan solo ayer y que sabía con temible certeza que tenía un borde muy resbaladizo... El agua helada del interior estaba densamente salpicada de nenúfares. Si la niña se caía, podía ahogarse mientras forcejeaba para librarse de la vegetación acuática.

Un rugido lejano invadió sus oídos y las palmas de sus manos se empaparon de sudor mientras corría por el sendero del jardín.

Por favor, no te caigas, por favor... Ella rezó para poder llegar a tiempo hasta la niña. La distancia entre ella y la fuente parecía infinita. La niña podía morir si ella no era lo suficientemente rápida...

Inclinándose hacia adelante, Rowena forzó sus piernas hasta que le ardieron mientras corría hacia la niña. Se deslizó directamente contra la base de piedra, con las rodillas dolidas por el impacto, pero lo ignoró mientras cogía a la niña por la parte trasera de su vestido.

La oleada de miedo no desapareció de inmediato. Con las manos trémulas, Rowena se quedó inmóvil, sosteniendo a la niña por encima del agua durante un segundo, antes de recuperarse de la conmoción.

La pequeña niña rebotaba y chillaba, aplaudiendo con sus manitas regordetas y mirando hacia la fuente.

Ella estaba a salvo.

Rowena volvió a cogerla en brazos y la envolvió con su cuerpo para protegerla. Le temblaban las manos y tenía problemas para respirar. Todo estaba bien. Había llegado a tiempo. Cerró los ojos y abrazó a la niña; nunca estuvo más agradecida de la rapidez de sus pies.

—¡Peces! —la niña apuntó hacia el agua con un delicado dedito.

Rowena sonrió y acarició la mejilla de la niña con la nariz antes de besarla.

—Efectivamente, hay peces cuando hace más calor, pero no debemos cogerlos. Podrías caerte y entonces, ¿qué te pasaría? —deslizó los dedos por los rizos de la niña, maravillada por la forma en que la luz jugaba sobre unos mechones tan perfectos como el oro hilado.

—¿No peces? —preguntó solemnemente la niña, viendo ahora a Rowena con una mirada astuta.

—No peces.

—¡Gracias a el cielo, señorita! —una nana de mediana edad avanzó con dificultad alrededor de la esquina del seto vivo más cercano, con la cara roja y la respiración entrecortada mientras se esforzaba por hablar—. La pequeña nena escapó de mí, lo hizo —el acento escocés de la mujer sorprendió a Rowena. Los escoceses eran bastante comunes en Londres, pero en el campo eran poco frecuentes. Ella sabía que uno de los invitados a la fiesta del Conde de Hampton era escocés, pero no se había dado cuenta de que había traído a una nana con él o de que tenía una hija. Pero, por otra parte, mencionar a los hijos en medio de una fiesta no era bien visto. Los niños se quedaban en guarderías lejanas, lo cual entristecía a Rowena. Adoraba a los niños. Uno de sus sueños más anhelados era tener algún día una nidada de niños correteando por su casa.

—No pasa nada. Ya la tengo. Está a salvo —Rowena rodeó la cintura de la niña con un brazo y sonrió cuando la pequeña se puso a dar saltitos y señaló a los pocos peces solitarios que habían sobrevivido al frío clima creciente. Sus brillantes cuerpos plateados se lanzaban y zambullían en las turbias profundidades de la fuente, y Rowena los observaba fascinada y con una firme determinación.

—¡Papá! —pronunció la niña con emoción y señaló con un pequeño dedito índice hacia la casa.

—¿Tu papá está aquí, pequeña? Estoy segura que le preocuparía saber que te has ido sin él. Los padres se preocupan por sus hijas. Debes tener cuidado de no asustarlo —los ojos de la niña, de un suave gris paloma, se clavaron en los de Rowena como si considerara seriamente lo que ella le había dicho, y luego se dejó caer de culo sobre el regazo de Rowena, contenta de simplemente mirar.

La nana se relajó en el borde de la fuente junto a ellas, con el rostro aún enrojecido.

—La pequeña tiene piernas rápidas, al igual que su padre cuando era niño. Nunca podía atrapar a ese niño —el rostro de la nana se mostró tierno al decir esto.

—¿Es la hija de Lord Forres? —preguntó Rowena.

Tenía que ser el hombre que ella había conocido en la cena de la noche anterior. El tranquilo, bienhablado y demasiado apuesto Conde de Forres había sido objeto de unas cuantas miradas robadas de las damas durante los distintos platos de la cena. Rowena, quien solo tenía dieciocho años, estaba segura de que no era correcto que tantas mujeres miraran a hurtadillas a un hombre que se encontraba sentado demasiado lejos de ellas en la mesa. Pero como esta era su primera fiesta oficial desde su debut en Londres unas semanas antes, no estaba muy segura de si las normas sociales eran diferentes en Londres y en el campo. Naturalmente, eso significaba que ella también lo había estado mirando. Era imposible no hacerlo. Era increíblemente apuesto, con unos ojos intensos y una sonrisa suave que le producía extraños efectos en el cuerpo cada vez que él se encontraba con su mirada. Y la forma en que se movía, de manera elegante y poderosa a la vez, había atraído todas las miradas femeninas hacia él una y otra vez.

—Sí, es suya —la nana acarició a la niña bajo la barbilla y ella soltó una risita.

Rowena contuvo la respiración mientras miraba a la niña. Ella compartía los ojos grises y serios de su padre, pero su cabello rubio claro contrastaba con el castaño oscuro de su progenitor. Entonces, ¿se parecía a su madre? Rowena no sabía mucho acerca de Forres, salvo que tenía veintiocho años y estaba bien situado en cuanto a propiedades y dinero.

Eso no le importaba demasiado. La familia de Rowena era adinerada y tenía títulos, así que no tenía la necesidad de buscar un marido rico. Esto le daba libertad para disfrutar conociendo a alguien con quien quisiera casarse. Se centraba en los hombres en sí y no en la posición social que ella misma pudiera alcanzar. Quería que la vieran como a una igual, como una compañera, no como a una subordinada. A diferencia de su hermana Milly, quien temía la idea del matrimonio, Rowena anhelaba con ilusión los retos de compartir una vida con alguien y criar hijos, pero sabía que tenía que elegir a la persona adecuada. Alguien que viera su valor y confiara en ella para aportar algo a su matrimonio, además de su capacidad de tener hijos.

Por eso Forres la había intrigado la noche anterior. Cuando él hablaba, su voz intensa y oscura poseía un seductor matiz escocés que parecía enroscarse en el aire como una lenta y danzante columna de humo, hipnotizándola. La luz de las velas había iluminado sus ojos y ella no había podido apartar la mirada mientras él hablaba. Sus opiniones acerca de política y asuntos sociales estaban bien fundamentadas y él aprobaba que las mujeres fueran iguales a los hombres. No era ni orgulloso ni tan obstinado como para alienar a nadie durante una conversación educada. Incluso Milly, la hermana mayor y testaruda de Rowena, había quedado impresionada con Forres.

—No sabía que Lord Forres tenía una hija. Creía que era soltero.

Desde luego, en su dedo no había habido un anillo de matrimonio. Pequeños susurros habían viajado por la mesa, escapando por detrás de los bordes de las copas de agua mientras las damas habían transmitido sus observaciones unas a otras. El hecho de que no estuviera casado había provocado una gran discusión entre las mujeres después de que los hombres se hubieran ido a fumar puros y beber. Ella lo había mirado, y sus ojos se habían posado en los suyos más de una vez, mareándola. Había algo en él, la curva de sus labios en un atisbo de sonrisa, la intensidad de sus ojos grises mientras la miraba. Había hecho que su cuerpo se sonrojara de calor.

—Sí, solo tiene una. Nuestra condesa falleció hace un año y milord ha estado muy dolido por echarla de menos —el rostro de la mujer mayor era sombrío mientras hablaba y, por un momento, se quedó callada. Pero luego una pequeña sonrisa se dibujó en sus labios—. Pero ahora está a la caza de una esposa —la nana le guiñó un ojo con complicidad.

¿A la caza de una esposa? Ella podía imaginarse al apuesto conde moreno merodeando entre la maleza, con el rifle preparado para cazar a las damas que revoloteaban con sus vestidos otoñales como una docena de faisanes. La imagen era lo bastante tonta como para hacer que se mordiera el labio para ocultar su sonrisa. Pero luego se centró en lo que la nana había dicho. Forres *había* estado casado. Su mujer había muerto.

Rowena acurrucó a la emocionada niña más cerca en sus brazos al darse cuenta de que la pequeña no tenía madre. Todos los niños deberían conocer el amor de una madre. Estrechó a la niña en un abrazo. En lugar de chillar como podrían haber hecho otros niños, la niña dejó de dar saltitos y se acomodó con más firmeza en el regazo de Rowena. Se sentía... bien de una manera que Rowena no podía explicar, y su deseo de tener sus propios hijos se hizo aún más fuerte.

—Le agradas. A Blair no le agradan la mayoría de las mujeres y no ha tenido la oportunidad de conocer a muchas aparte de mí y el personal —la nana sonreía ampliamente ahora, con un brillo de esperanza en los ojos que Rowena no entendía.

—¿Blair? —dijo Rowena, y la niña levantó la cabeza para devolverle la mirada.

—¡Soy yo! —la niña le sonrió brillantemente.

—Encantada de conocerte, Blair —Rowena le devolvió la sonrisa y luego dirigió su atención a la nana —. ¿Está a la caza de una esposa aquí en Inglaterra? ¿Por qué no consigue una prometida más cerca de casa?

—Yo supongo —reflexionó la nana—, que él no quiere a alguien que le recuerde a la anterior Lady Forres. No comparte mucho de su corazón; es callado, pero un buen hombre. Necesita que le curen el corazón. Una buena mujer le vendría bien.

Rowena rozó con las puntas de los dedos los rizos que Blair tenía junto a las mejillas, despeinándolos. Eran tan suaves como la seda y tan finos como las plumas de un pájaro bebé. Reflexionó acerca de las especulaciones de la nana. ¿Lord Forres estaba en busca de una esposa que pudiera curar su corazón roto? Su propio corazón se retorció de dolor al pensar en lo solo que debía estar. Parecía un hombre que amaba profundamente. Ahora Rowena no pudo evitar sentirse atraída por él, sabiendo que soportaba tanto dolor. Era bastante romántico, de una manera trágica.

Antes de que ella pudiera volver a hablar, un hombre irrumpió entre los setos vivos, corriendo hacia ellas. Era Lord Forres. Su cabello oscuro estaba enredado, como si él hubiera pasado sus manos a través de los mechones, y sus labios se mostraban fruncidos en una mueca casi salvaje.

Se detuvo en seco a pocos metros de distancia cuando vio primero a la nana.

—¡Señora Finch! —gritó él—. ¿En dónde diablos ha estado? La he buscado a usted y a Blair por toda la casa... —cuando miró a su hija, a salvo en los brazos de Rowena, la mirada salvaje de sus ojos se suavizó ligeramente.

—Ella está a salvo, milord —dijo Rowena mientras se ponía en pie, colocando a Blair contra su cadera derecha.

—¡Papá! —la pequeña querubín aplaudió, retorciéndose en el abrazo de Rowena.

—Oh, mi pequeño corazón —el conde caminó velozmente hacia Rowena y le arrancó a Blair de los brazos antes de que ella pudiera protestar.

Las mejillas de Blair se tiñeron de rojo y sus

pequeños labios temblaron cuando pareció darse cuenta de la angustia de su padre.

—Ya, ya —silenció Forres a la niña.

—Ella está bien, de verdad. He podido cogerla antes de que se cayera —le aseguró Rowena.

—¿Se cayera? —unos ojos claros, grises como el cielo invernal, se encontraron con los de ella. Un temblor la recorrió. ¿Cómo había olvidado lo que sentía al mirarlo? Mareada, emocionada y un poco ansiosa. Por supuesto, la noche anterior había habido una docena de personas entre ellos, y todo tipo de velas, platillos y otras cosas que les impidieron hablar directamente. Sin embargo, había habido un momento, cuando él se había unido al brindis de la velada y había levantado su copa. Sus ojos habían viajado de cara en cara, deteniéndose solo en los de ella.

—Sí, ella estaba trepando el borde de la fuente cuando la encontré.

—Dios mío —murmuró él—. Yo solo sabía que ella se había escapado del cuarto de niños le dio a Blair un beso en la frente antes de mirar hacia Rowena.

Él se peinó el cabello con los dedos, el cual estaba un poco largo para la moda del momento. Había algo diferente en él, como si el traje que llevaba fuera un disfraz. Con sus anchos hombros, su gran altura y su musculatura, encajaba más en el papel de un guerrero escocés de antaño que en el de un caballero en el jardín. Pensar en él con una falda escocesa, blandiendo una espada, como un hombre salido de sus sueños más profundos y secretos... le produjo otro escalofrío y Rowena tragó saliva con dificultad. Aún era lo bastante joven como para soñar despierta con apuestos lores rescatándola de castillos.

—Gracias, señorita Rowena. Le pido disculpas por mi... dura reacción —Forres cogió suavemente la cabeza de la pequeña Blair con una mano firme mientras aferraba a su hija contra su pecho. Él cerró los ojos y le acarició sus suaves rizos.

—No hace falta que se disculpe —dijo Rowena. Se alisó la falda, sintiéndose un poco avergonzada por presenciar una muestra de emoción tan fuerte por parte de un hombre que, según había dicho la nana, protegía su corazón.

Forres la miró.

—Fui a ver cómo estaba Blair y, cuando no estaba, entré en pánico... Un lacayo dijo que creía haberla visto salir de casa —él sacudió la cabeza como si quisiera disipar los pensamientos oscuros—. Solo me alegro de que esté bien.

—Claro que lo está, milord. La joven la atrapó enseguida. La pequeña nena estaba a salvo bajo su cuidado —dijo la señora Finch a Lord Forres.

—¿Por qué no llevo a la nena al interior para que coma algo y duerma una siesta?

La señora Finch se acercó para coger a Blair, pero

Forres no se la entregó inmediatamente. Cuando por fin lo hizo, fue con un suspiro y una gran reticencia.

—Sé una buena niña, Blair —le dio una palmadita bajo la barbilla y la niña se balanceó arriba y abajo en brazos de su nana.

Rowena observó esta intimidad familiar, con el corazón dándole un vuelco dentro del pecho. La señora Finch empezó a caminar de vuelta hacia la casa principal y, al pasar junto a Rowena, Blair extendió una manita regordeta y la agitó para despedirse antes de apoyar la mejilla en el hombro de la señora Finch. Un extraño impulso en su interior la hizo querer correr tras la niña.

El Conde de Forres carraspeó y Rowena volvió en sí.

—¿Ha estado disfrutando de la fiesta de la casa, Lord Forres? —preguntó ella, esperando que ese fuera el rumbo correcto de la conversación. Era la primera vez que ella había estado a solas con un hombre, aparte de su padre o sus criados.

A solas con un hombre...

El corazón de Rowena dio un vuelco y tuvo que controlarse antes de que entrara en pánico. Su hermana Milly acababa de comprometerse más temprano esta mañana, contra su voluntad, porque un cazafortunas se había colado en su habitación la noche anterior y habían sido sorprendidos por su madre. No había pasado nada más allá, pero había sido suficiente para escandalizarlos y obligarlos a casarse. ¿Estar con Forres a solas de esta manera era suficiente para armar un escándalo?

—La fiesta ha sido una distracción agradable —admitió Forres.

Ella asintió.

—Sí —tragó saliva. ¿Por qué estaba tan nerviosa? Normalmente le encantaba conversar y podía hablar de casi cualquier cosa. Estar a solas con él provocaba que se le trabara la lengua y sintiera un hormigueo mientras él se acercaba.

Él le tendió el recodo de su brazo en señal de invitación silenciosa. El gesto era caballeroso, pero también natural y masculino.

El calor de un rubor se abrió paso hasta las mejillas de Rowena y no supo qué hacer.

—Oh, vamos, señorita Rowena, solo es mi brazo. No la morderé —le sonrió y presionó sus blancos dientes de una forma burlona.

A ella se le escapó una risita que los sobresaltó a los dos. Entonces él también se rio, pero había sorpresa en su expresión, como si el hombre estuviera asombrado de su propia diversión. El sonido de su risa era intenso y cálido y extrañamente reconfortante, dado que era un completo desconocido. Tras un breve instante de vacilación, ella colocó su brazo por encima del suyo. Un pequeño cosquilleo recorrió su piel al sentir su contacto.

—Permítame acompañarla de regreso a la casa —Forres señaló con la cabeza el enorme edificio de piedra de Hampton House. A ella le recordaba mucho a Pepperwirth Vale, la finca de su familia, a solo seis kilómetros de distancia. Dos antiguas familias, los Graham y los Pepperwirth, habían sido vecinas durante casi doscientos años.

Ella y Forres caminaron en silencio durante unos pasos antes de que él hablara.

—Quiero darle las gracias de nuevo por rescatar a mi hija. Blair es... —hizo una pausa, y Rowena lo miró de reojo, notando un ligero enrojecimiento en sus mejillas—. Blair es muy preciada para mí. Me temo que la protejo demasiado.

—Lo comprendo, milord. Me han informado de que perdió a su esposa hace un año, mis condolencias. Debe ser duro para cualquier padre criar a un hijo solo.

Forres se detuvo y se volvió hacia ella, con los ojos ligeramente abiertos por la sorpresa.

—Sí... sí, es duro —se recuperó—. Blair es un poco salvaje, como lo era yo de crío.

Rowena no pudo evitar sonreír.

—¿Usted alguna vez fue un crío? —su propia infancia había estado llena de aventuras, tantas como podía tener una joven inglesa bien educada en el campo, pero imaginaba que Forres había tenido una vida mucho más colorida.

—Oh, sí... —su acento escocés se intensificó a medida que hablaba—. Yo siempre estaba en el bosque o sobre el lomo de un caballo. Mi nana no podía mantenerme con unos pantalones limpios —sus solemnes ojos grises contenían una pizca de calidez mientras la guiaba por el laberinto de jardines.

—Y la pequeña Blair es como usted —Rowena rio encantada. La idea de la encantadora niña corriendo entre los brezos escoceses, salvaje y libre, era un pensamiento maravilloso.

Forres asintió.

—Sí, pero le vendría bien que yo la domara un poco.

—¿Domarla? —preguntó Rowena, tentada de sonreír—. Todos los niños necesitan poder correr libres de vez en cuando. Yo me metía a menudo en líos cuando era más joven.

Forres la miró fijamente.

—¡Eso sí que no me lo puedo imaginar! ¿Una jovencita propia como usted? —su expresión era seria, pero había una pizca de ligera burla en su tono. Él se estaba burlando y ella no pudo evitar sonreírle, olvidando temporalmente lo nerviosa que él la ponía.

—Oh sí, yo era toda una pequeña trepadora de los árboles y siempre llevaba a casa renacuajos, pájaros bebé y todo tipo de fauna. Una vez cuidé a un ciervo bebé después de que mataran a su madre una primavera —a ella siempre le había gustado cuidar de criaturas heridas, grandes o pequeñas, y afortunadamente, sus padres habían sido muy indulgentes con su deseo de hacer de curandera.

Cubrió la mano de Rowena con la suya, allí donde descansaba sobre su brazo.

—Yo era muy parecido. Siempre llevando criaturas a casa. Un invierno rescaté una marta y la crie en mi habitación a escondidas de mis padres. Era una hermosa bestia, una criatura inteligente. Vivió nueve años como una mascota fiel, para consternación de mi madre.

—Debió haber sido maravilloso crecer en un castillo de Escocia —Rowena suspiró de manera soñadora, imaginándose al conde de niño correteando por los bosques.

—Lo fue, pero el sur de Inglaterra es igual de hermoso. Usted vive en la finca vecina, ¿verdad?

—Sí, en Pepperwirth Vale. Es una casa preciosa y todos mis recuerdos allí son felices —empezaba a darse cuenta de lo afortunada que había sido al crecer siendo tan amada y estando libre de tragedias.

Antes de que pudieran seguir hablando, habían llegado a las puertas de la veranda de la parte trasera de Hampton House y la madre de Rowena caminaba rápidamente hacia ella. Su madre, quien solía ir inmaculadamente vestida, llevaba ahora un vestido arrugado y el cabello un poco alborotado. Debió haber estado despierta toda la noche preocupada por la situación de Milly.

—¡Rowena! Querida, debes venir enseguida, tu hermana... —su madre se detuvo al ver a Lord Forres de pie junto a Rowena, con los brazos aún entrelazados—.

Lord Forres —Lady Pepperwirth se recuperó y sus rasgos tensos se suavizaron en una hermosa máscara de amabilidad.

—Buenos días, Lady Pepperwirth —Forres se inclinó.

—Eh... sí, buenos días, milord. Siento mucho haber interrumpido su paseo con mi hija —su mirada se desvió hacia ambos.

Forres pareció percibir su inquietud y, como todo un caballero, cogió las riendas de la situación.

—¿Debería ir a hablar con el personal acerca el almuerzo?

—Oh, sí, gracias, Lord Forres —exclamó aliviada Lady Pepperwirth.

Forres volvió su mirada hacia Rowena y el calor inundó sus mejillas cuando él cogió la mano que había estado descansando sobre su brazo y presionó un beso prolongado sobre su piel desnuda. Cuando él le soltó la mano, Rowena la aferró contra su pecho mientras observaba al apuesto escocés alejarse a zancadas hacia el interior de la casa.

—Bueno, eso sí que es alentador, ¿no? —su madre miró hacia donde se había ido Forres.

Con un pequeño suspiro exasperado, Rowena miró fijamente a su madre.

—Él es muy educado, mamá, pero no creo que...

—Oh, silencio, todo hombre con sentido común estaría interesado en ti, querida. Desde el momento en que naciste, supe que crecerías para convertirte en una belleza, tal como tu hermana, pero gracias a Dios tú tienes un temperamento más dulce.

—¡Mamá! —protestó Rowena—. Tú sabes que Milly es tan dulce como yo. Ella simplemente no soporta a los tontos —Rowena adoraba a su hermana mayor, pero a veces Milly se comportaba de forma un poco irritable, sobre todo con los hombres jóvenes porque ella temía casarse y perder el sentido de sí misma. Era una idea complicada, pero Rowena comprendía el miedo de Milly sobre un esposo que reprimiera su libertad.

Lady Pepperwirth sacó el pecho.

—Sí, bueno, tu hermana ciertamente se ha metido en un pequeño problema con su actitud. Tu padre y yo tenemos un gran caos por delante en cuanto a la rápida organización de una boda con el menor escándalo posible.

La culpa arañó el interior de Rowena y se llevó una mano al estómago. Había estado disfrutando de un paseo con Lord Forres mientras su hermana sin duda estaba sufriendo por los preparativos de una boda con un hombre al que no conocía y al que no amaba.

Ella se ha comprometido por mi culpa. Esa parte hizo que Rowena se sintiera aún peor. La noche anterior, Milly había acudido a ella y le había explicado que le preocupaba que Owen Hadley, el apuesto cazafortunas, hubiera puesto sus ojos en Rowena. Por desgracia, Milly había acertado con Owen y se había visto comprometida cuando él se había colado en su habitación por accidente. Ahora sus padres tenían que organizar su boda.

—¿De verdad tiene que casarse con él? —la idea de su querida hermana atrapada en un matrimonio porque había estado protegiendo a Rowena… Hizo que se le revolviera el estómago.

—Claro que sí —dijo su madre frunciendo ligeramente el ceño—. Pero no te preocupes por ella, Rowena; le vendría bien un poco de matrimonio para mejorar su estado de ánimo. Después de todo, el señor Hadley podría ser una pareja adecuada. Ahora ven, querida, cuéntame cómo os habéis conocido Lord Forres y tú esta mañana.

Rowena puso los ojos en blanco. Su madre era implacable cuando se trataba de casar a sus hijas. Por desgracia para ella, Rowena quería un matrimonio por amor.

—No creo que esté interesado en mí, mamá. Estaba siendo educado; eso es todo.

—Humph —resopló su madre—. Bueno, sus tierras en Forres son inmensas, su temperamento es bueno y es un hombre apuesto. Será mejor que lo atrapemos antes de que se vaya a cazar esposas a Londres.

¿Atraparlo? Eso era lo último que ella necesitaba. Un marido. Por supuesto que quería uno, pero ella recién había salido a la sociedad. Una chica tenía todo el derecho a disfrutar de la libertad de la ciudad a finales

de otoño, los bailes, los vestidos, los pretendientes... Rowena quería experimentarlo al menos una vez antes de tomar una decisión.

—Mamá, quiero disfrutar de la Temporada. ¿Debemos hablar de matrimonio *ahora*? —sabía que sonaba un poco infantil, pero no quería precipitarse en una decisión tan trascendental.

—Bueno, supongo que tenemos tiempo de sobra para hablar de Lord Forres más tarde —los labios de su madre se fruncieron—. He venido a decirte que tu padre y yo debemos llevar a Milly inmediatamente a casa para arreglar los planes de boda. Tú te quedarás aquí en Hampton mientras dure la fiesta. La condesa viuda será una chaperona diligente para ti.

¿Sus padres se iban? Rowena se aferró al brazo de su madre.

—Pero no puedes irte, mamá. Te necesito aquí...

—Tonterías. Ya es hora de que dejes de seguirme y te quedes sola un rato. Nosotros no estaremos lejos —Lady Pepperwirth le dio una palmadita suave en la mano.

Siguiéndola al interior de la gran Hampton House, Rowena se detuvo en la entrada. La tenue luz dorada que entraba por las grandes ventanas iluminaba la gran escalera. Tan solo la noche anterior, había bajado esos escalones como una debutante vestida de blanco, con los ojos de todos los hombres de la fiesta clavados en ella.

Rowena no se deleitaba con la atención, pero era agradable hacerse notar por una vez.

Pero la noche había terminado, hoy era un nuevo día, y ella se preguntó qué se suponía que debía hacer sin su madre o su hermana para guiarla. La cena era bastante fácil, las pláticas, las entradas, ella lo había aprendido todo, pero... ¿qué iba a hacer durante el día sola?

—Oh, Milly, desearía ser tú —murmuró Rowena—. Tú sabrías exactamente qué hacer.

www.ingramcontent.com/pod-product-compliance
Lightning Source LLC
Chambersburg PA
CBHW031938210726
48290CB00006BA/1972